MISTAR AR FISTAR MOSTYN

Mistar ar Fistar Mostyn

Myrddin ap Dafydd

Gwasg Carreg Gwalch

Argraffiad cyntaf: 2023

Rhif Llyfr Safonol Rhyngwladol:
978-1-84527-919-6

ISBN elyfr: 978-1-84524-548-1

CYNGOR LLYFRAU CYMRU

Cyhoeddwyd gyda chymorth Cyngor Llyfrau Cymru

Cynllun clawr: Siôn Ilar
Map: Alison Davies

Cyhoeddwyd gan Wasg Carreg Gwalch,
12 Iard yr Orsaf, Llanrwst, Dyffryn Conwy, Cymru LL26 0EH.
Ffôn: 01492 642031
e-bost: llyfrau@carreg-gwalch.cymru
lle ar y we: www.carreg-gwalch.cymru

Argraffwyd a chyhoeddwyd yng Nghymru

Dymunaf gyflwyno'r nofel hon

i Chris Draper

a phawb sy'n cadw

hen hanes y Gogarth yn fyw.

Rhai o'r prif gymeriadau

Teulu'r Gogarth

Alwen Owen – merch, 16 oed, yn gweithio mewn siop tships yn Llandudno dros yr haf

Meira – ei chwaer, 15 oed, yn gweithio yn yr un siop tships

Morfudd Owen – eu mam, yn gweithio yn llyfrgell y dref

Tomi Owen – eu tad, pysgotwr ar long yng Nghonwy

Elisa Owen – eu nain, yn byw yn Stryd Cwlach

Arthur Owen – eu taid

Teulu Ynysoedd Chagos yng Nghefnfor yr India

Olivier Jaffar – 'Oli' – llanc, 17 oed, yn gweithio yn Llandudno dros yr haf

Fernand Jaffar – ei ewythr, yn lletya mewn caban ar y pier

Mimose Jaffar – Nain Chagos, yn byw ym Manceinion

Rhai o gymeriadau Llandudno

Sam Llanast a Meic Dympar – gweithwyr Jac Codi Baw

Deio, Len a Barry – peintwyr y dref

Ylwch-chi-fi – swyddog y Cyngor

Sylwen Huws – archaeolegydd

Llinos James – llyfrgellydd

P.C. David Wynn – plismon

Breian a Jona – ffrindiau ysgol i Alwen

Charli Chips (Charles Chichester) – perchennog y siop

Teulu'r Mostyniaid

Robert Mostyn Lloyd a William Mostyn Hughes – dau gefnder

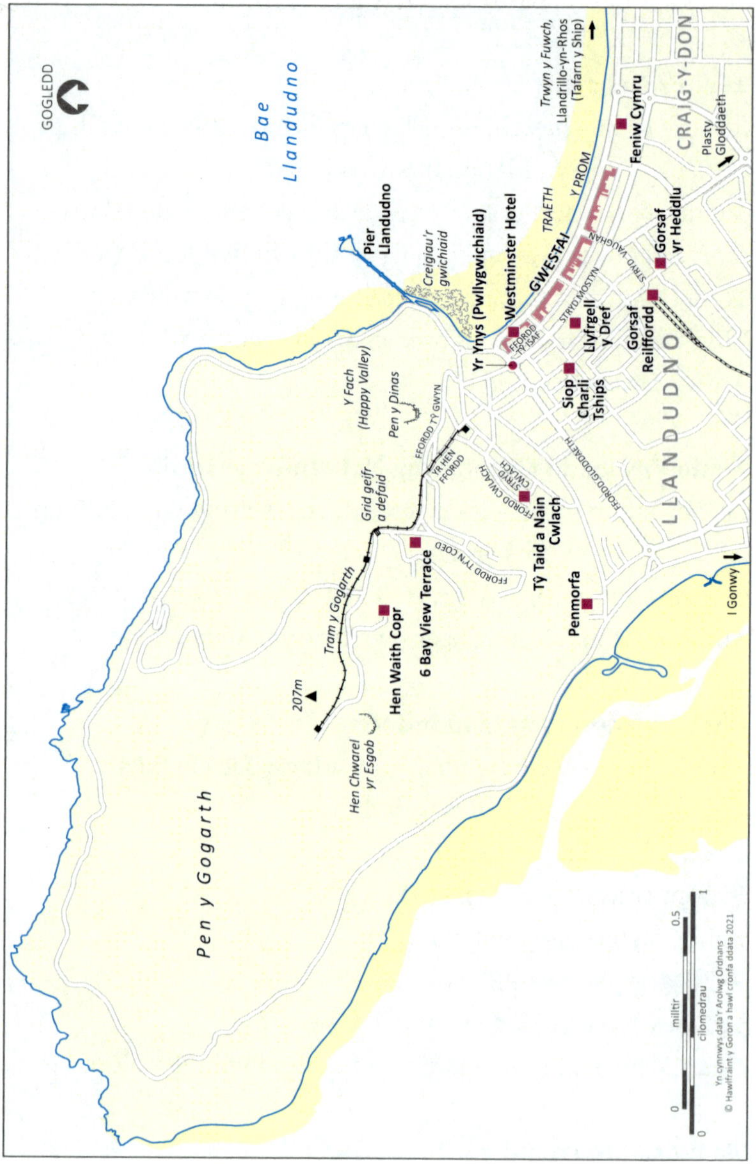
GOGLEDD
Bae Llandudno
Pier Llandudno
Creigiau'r gwichiaid
Westminster Hotel
Yr Ynys (Pwllygwichiaid)
GWESTAI
TRAETH
Y PROM
Trwyn y Fuwch, Llandrillo-yn-Rhos (Tafarn y Ship)
Feniw Cymru
CRAIG-Y-DON
Plasty Gloddaeth
Gorsaf yr Heddlu
STRYD VAUGHAN
STRYD MOSTYN
Llyfrgell y Dref
Gorsaf Reilffordd
FFORDD TŶ ISAF
Siop Charli Tships
LLANDUDNO
Y Fach (Happy Valley)
Pen y Dinas
FFORDD TŶ GWYN
YR HEN FFORDD
STRYD CWLACH
FFORDD CWLACH
FFORDD GLODDAETH
Tŷ Taid a Nain Cwlach
Grid geifr a defaid
FFORDD TY'N COED
6 Bay View Terrace
Penmorfa
I Gonwy
Tram y Gogarth
Hen Waith Copr
207m
Hen Chwarel yr Esgob
Pen y Gogarth
milltir
0
0.5
1
cilomedrau
0
1
Yn cynnwys data'r Arolwg Ordnans
© Hawlfraint y Goron a hawl cronfa ddata 2021

Prolog

Morfa Isaf, Llandudno, 1850

Cododd y ci coch ei glustiau. Cododd ar ei draed a dechrau chwyrnu. Sŵn traed yn nesu ... dau bâr o draed ... Sŵn esgidiau gwahanol i'r arfer ar gerrig glan môr y llwybr at y bwthyn a'r cwt ...

Clywodd Shadrach y chwyrnu a chodi'i ben. Rhoddodd y gorau i grafu'r garreg hogi ar hyd min y cryman. Yna, clywodd yntau'r sŵn traed.

Aeth at ddrws y cwt bach, y cryman yn ei law o hyd. Pwysodd y llaw arall ar ffrâm y drws ac edrych i'r un cyfeiriad â'r ci.

"Pwy sy 'na, Mal?"

Roedd trwch o flew gwyn ar war ac am wddw'r ci coch – blew hir, llyfn fel arfer – ond roedd y rheiny wedi codi'n wrychyn garw ar y gwar. Roedd y ci'n cyfarth erbyn hyn. Gwelodd Shadrach ddau ddyn yn ymddangos heibio ysgwydd un o'r twyni tywod. Roedd rhyw bwrpas amlwg i'w brasgamu.

"Tyrd yma, Mal."

Tawelodd y ci coch a daeth i eistedd yn tu ôl i draed ei feistr.

"Shadrach Simnai Gerrig?" gofynnodd y dyn oedd ar y blaen. Brathiad yn hytrach na chyfarchiad.

Cododd Shadrach ei dalcen i gydnabod yr enwau, ond culhaodd ei lygaid yr un pryd. Roedd wedi'u hadnabod. Hetiau bowler, gwasgodau a siacedi tywyll, esgidiau lledr du yn cyrraedd dros eu fferau – dynion Mistar Mostyn, stad y

Gloddaeth, oedd y rhain. Sythodd ei gorff yn ffrâm y drws, y cryman yn ei law o hyd.

"Mi wyddost be ydi be," meddai'r bowler ar y blaen, ei fwstásh du yn llinell bwysig uwch ei wefus. "Mae'r cytiau yma'n cael eu chwalu ddydd Sadwrn nesa. Mae gen ti a dy wraig tan ddydd Gwener i dderbyn y cynnig i symud i dŷ newydd sbon yn Stryd Madog ..."

"Nid cwt ydy nacw ond cartref," mynnodd Shadrach, gan nodio at ddrws y bwthyn.

Ar hynny, agorodd y drws a daeth Magwen, ei wraig, i'r golwg i wrando ar yr hyn oedd yn digwydd o flaen ei thŷ.

"Mae'r Oes Fodern ar y gorwel, Shadrach. Allwn ni ddim cael rhyw dai blêr fel hyn ar hyd glan y môr yn Llandudno a'r dre' newydd yn cael ei chodi. Gwestai, ymwelwyr, adloniant, promenâd – mae'r byd yn datblygu."

"Mae gan bobl hawl i fyw yn y tai maen nhw wedi'u codi iddyn nhw eu hunain a'u teuluoedd o hyd, siawns," meddai Magwen gan groesi'r buarth bach a dod i sefyll wrth ei gŵr a'r ci. Dangosodd Mal ei ddannedd ar y ddau ddyn a chwyrnu'n isel eto.

"Ddim ar dir Mistar Mostyn," meddai'r mwstásh du.

"A fydd y ci coch yna ddim yn cael mynd i Stryd Madog," ychwanegodd yr ail swyddog. Dyn tal, trwm oedd hwnnw, gyda dyrnau mawr ar flaen ei freichiau hirion. "Un o strydoedd crand y dre' newydd. Dim cŵn."

"Dim sgotwrs na ffarmwrs chwaith," atebodd Shadrach. "Waeth i mi heb na rhoi gwaith i'r cryman yma heddiw, felly ..."

"Ti wedi cael cynnig gan y Mistar ..."

"Bod yn was bach i stad Mostyn? Dod yn un o'r giang sy'n

chwalu tyddynnod yr hen bentra i godi tref i fisitors?" Poerodd Shadrach ar garreg rhyngddo a'r ddau swyddog.

"Derbyn y cynnig neu beidio, gwnewch yn siŵr nad ydach chi dan draed pan fyddwn ni'n tynnu'r lle yma i lawr ddydd Sadwrn."

"'Dan ni'n llosgi'r gwellt ar y touau yma'n gynta – fydd hynny'n digwydd nos Wener," meddai'r swyddog tal, trwm.

Ar hynny, brasgamodd y ddau heibio talcen y cwt am y bwthyn nesaf yn y pentref. Clywodd Shadrach gi ei gymydog yn Nhŷ Isaf yn cyfarth.

Gollyngodd Magwen anadl hir o'i hysgyfaint.

"Dyna ni felly, Shadrach. Does 'na ddim byd fedrwn ni ei wneud?"

"Mae Mistar Mostyn wedi pasio deddf drwy Senedd Llundain ac mae honno'n deud mai fo piau aceri'r tir comin yma ar lan y môr i gyd rŵan. Mae gan Mostyn ei gyfoeth ac mae ganddo'r gyfraith yn gefn hefyd. Mae gan y gyfraith ei phlismyn ac os eith hi'n ddrwg, mae ganddyn nhw i gyd y fyddin ddaw yma efo'u cleddyfa' a'u gynna' i'n troi ni allan. Os codwn ni un garreg yn eu herbyn nhw, mi fydd hi'n garchar neu'n waeth arnon ni. Mae hyn wedi digwydd mewn ardaloedd eraill yn barod."

"Mae Gwil a Gwyneth Ty'n Brwynog yn mynd i ddilyn y lleill aeth i Mericia fory nesa," meddai Magwen. "Maen nhw'n torri 'nôl ar y meinars yng ngwaith copr Tŷ Gwyn eto, ond maen nhw'n galw ar weithwyr i fynd i dorri glo dan ddaear yn Philadelphia. Mae honno'n wlad rydd, meddan nhw. Dim meistri tir. Dim plasau. Be sydd ar ôl i ni fan hyn, Shadrach?"

"Yr hen bentra," meddai Shadrach, gan godi'i lygaid at

graig y Gogarth uwch y Morfa. "Mae 'na fythynnod gan yr hen deuluoedd yn fan'no. Does gan y Mostyn ddim gafael arnyn nhw ..."

"Ddim eto ..."

"Allwn ni ddim ond derbyn cynnig Wmffra ac Eirwen Stryd Cwlach i droi'r cwt allan yn llety inni nes cawn ni afael ar rywle, Magwen."

"Ond chei di ddim cadw dy gwch a dy rwydi ar draeth y Morfa yma."

"Mi symuda i nhw i Borth Helyg o dan y chwarel. Mae hwnnw'n perthyn i bentra'r Gogarth, nid i stad y Mostyn."

Yn sydyn, dyma lais gwraig yn gweiddi nerth asgwrn ei phen yn dod o gyfeiriad Tŷ Isaf. Cododd y sgrech i uchafbwynt. Cyfarthodd y ci a chlywodd Shadrach a Magwen sŵn esgidiau duon da yn rhedeg i ffwrdd.

"Glyn a Bet ddim am adael yn dawel, mae'n debyg," meddai Magwen yn y diwedd.

Rhoddodd Shadrach ei law ar gerrig garw simnai eu bwthyn.

"Ffrindia' a theulu gododd y meini yma, ti'n cofio? Ddim ond i'r diawliaid yna chwalu'r cwbwl dan ein trwyna' ni."

Dechreuodd Mal y ci coch gyfarth eto, fel petai'n cytuno gyda chi'r cymdogion.

Pennod 1

Pentre'r Gogarth uwch Llandudno, 2004

"Faint o'r gloch ti'n dechra' gweithio heddiw?"

Llais ei mam yn galw arni o waelod y grisiau a lusgodd Alwen Owen o'i chwsg meddal y bore hwnnw. Be goblyn... pa ddiwrnod oedd hi? Na, doedd hi ddim yn ddydd Sadwrn, nac yn ddiwrnod rhydd.

"Deg o'r gloch, Mam!"

"Mae'n chwarter i naw rŵan. Paid â syrthio 'nôl i gysgu. Dwi'n mynd am y llyfrgell 'ta. Wela i di nes mlaen."

"Ydi Dad yn tŷ?"

"Mae o ar y môr ers cyn chwech. Mae Gel wedi cael bwyd ac wedi bod allan yn y cefn. Cym ofal."

Clywodd Alwen y drws yn cau'n ofalus. Dyna sut un oedd ei mam wrth ei gwaith yn y llyfrgell. Agor clawr llyfr gyda pharch, wedyn anelu'r stampiwr yn sgwâr a stampio'r dyddiad yn ofalus cyn dychwelyd y llyfr dros y cownter gyda gwên. Diolch bod yna un drefnus yn byw yn y tŷ, meddyliodd wrth edrych ar y dillad oedd yn bentyrrau ar hyd llawr ei llofft hi a'i chwaer.

Trodd i edrych ar y lwmp o dan y gorchudd yn y gwely wrth y ffenest.

"Ti'n iawn, Meira?"

Sŵn gyddfol yn unig a gafodd yn ateb gan ei chwaer.

"Aeth hi'n hwyr arnoch chi'n clirio?"

"Mmm."

"Lle'n lân a phopeth yn ei le, gobeithio? Dwi ddim eisio gorfod glanhau eich hen saim chi cyn dechra' arni bora 'ma."

"Hmmm."

Waeth i mi godi ddim, meddyliodd Alwen. Cododd a cherddodd at y ffenest a symud mymryn ar y llenni. Yng nghefn y tŷ teras roedd eu llofft. Roedd craig y penrhyn o fewn ychydig lathenni i'w ffenest ac iard fach wrth y drws cefn. Dim golygfa, felly, ond o leiaf mi allai weld yr awyr wrth blygu ac edrych dros grib y graig wen. Awyr las, las. Felly roedd hi fod a hithau'n fis Gorffennaf. Roedd hi'n haf. Gwyliau. Ond nid i bawb. Chwiliodd am ei dillad gwaith ymysg y sypiau ar lawr.

"Dy shifft di'n dechra' am bedwar fel arfer?" gofynnodd i'r lwmp o dan y gorchudd.

"Mmm."

"Hwyl 'ta."

"Hy!"

Clywodd Alwen yr oglau tships oedd ar ei dillad lond ei ffroenau wrth gerdded i lawr y grisiau. Doedd dim osgoi hwnnw. Er bod ganddi gap gwyn ac ofyrôl wen lân bob dydd, roedd oglau'r saim yn treiddio i wead popeth a wisgai.

"Helô Gel, sut wyt ti bora 'ma?"

Ysgydwodd y ci coch ei gynffon. Roedd ei lygaid gloyw'n pefrio wrth ei gweld. Rhoddodd Alwen fwythau iddo y tu ôl i'w glustiau.

"Mynd â chdi am dro bach gynta, brecwast i mi wedyn, ia Gel?"

Gwnaeth y ci sŵn yn ei wddw fel pe bai'n eilio'r cynnig.

“Tyrd – y llwybr uwch ben Wyddfid bora ’ma.”

Allan â nhw a dechrau dringo. Am y munudau nesaf y ci oedd yn mynd â hi am dro. Roedd yn gyfarwydd â’i filltir sgwâr, ac unwaith roedd wedi croesi’r grid defaid a geifr ar y ffordd fynydd, roedd wrth ei fodd yn dilyn ei drwyn ar hyd llwybrau’r tir comin. Ci traddodiadol Cymreig dwyflwydd oed oedd Gel, ci coch gyda choler o flew gwyn ac wedi’i farcio’n wyn o’i dalcen at ei drwyn.

Ymhen deng munud, roedd y ddau yn ôl yn y tŷ.

“Brecwast i mi rŵan, Gel.”

Sudd oren o’r ffrij, banana o’r ddysgl ac roedd hi’n barod am waith. Eisteddodd ar y fainc o dan ffenest y gegin fyw i blicio’r ffrwyth, gyda Gel yn eistedd ar y llwybr wrth ei hochr. Ar y wal o dan y tŷ, roedd enw’r rhes o dai yn deud y gwir, meddyliodd. ‘Bay View Terrace’. Ia, dim ond chwech o dai teras yn nannedd craig y Gogarth – dwy lofft a dwy stafell lawr grisiau a rhyw ’nialwch wedi’i daro arno yn y cefn. Ond waw, am olygfa!

Edrychodd ar reilffordd hen dram y Gogarth ar ymyl y ffordd oedd yn dringo tua’r copa heibio ei chartref. Eu cartref nhw oedd ar ben y rhes ac felly nhw allai weld y tram orau pan fyddai hwnnw’n dringo’r allt yn llawn ymwelwyr, a’r rheiny’n rhyfeddu at yr olygfa y tu ôl iddyn nhw. Doedd y tram ddim yn codi o’i gwt tan ddeg y bore chwaith.

Banana fawr y bae, meddyliodd Alwen. Roedd haul y bore wedi hen godi o’i wely ac yn goleuo wynebau’r bwa hir o westai oedd yn ceseilio’r prom a’r traeth a thonnau’r bae. Ym mhen eitha’r bae, clwstwr o dai yng Nghraig-y-don ac wedyn creigiau calch y penrhyn pellaf. Hwn oedd y bae mwyaf perffaith yng Nghymru, meddyliodd – bae siapus, bryniau a mynyddoedd i gyfeiriad y tir, Môr Iwerddon tua'r gogledd a dau benrhyn o greigiau gwyn y Gogarth y tu cefn iddi a Thrwyn y Fuwch ar ben arall y bae.

Roedd gan y fisitors enwau eraill arnyn nhw, wrth gwrs. Nid y fisitors yn unig, chwaith, meddyliodd Alwen – ond bron iawn pawb oedd yn byw yn nhref Llandudno erioed. Y 'Great Orme' a'r 'Little Orme' oedd eu henwau nhw. Ond nid enwau Saesneg chwaith, meddyliodd wrth gofio'r wers yn yr ysgol. Y Feicings biau'r enwau hynny pan oeddan nhw'n dod yn eu cychod hwyliau cyflym o Ddulyn i drio bachu tir a thrysorau a chaethweision yng Nghymru. Ac ar y tir lle mae Llandudno rŵan yr enillodd Rhodri Mawr a'r Cymry'r frwydr dyngedfennol, cofiodd – cweir i'r Llychlynwyr a lladd Horm, eu harweinydd.

"Mae pres yn siarad ac mae gwaith yn galw," meddai wrth Gel.

Cododd oddi ar y fainc a rhoi'r croen banana yn un o'r biniau oedd yn disgwyl am y lorri wrth dalcen eu teras. Diwrnod biniau. Dydd Llun oedd hi, felly. Agorodd ddrws y tŷ i Gel. Dechreuodd gerdded i lawr y llechwedd linc-di-lonc.

Dilynodd reilffordd y tram i lawr yr Hen Ffordd, fel y câi 'i galw, yna draw ac i lawr Pen Uchaf Stryd Mostyn at lefel y môr. Yno, gallai weld fod dipyn o waith yn digwydd ar yr ynys fawr ar y groesffordd lydan rhwng Stryd Mostyn a Ffordd Gloddaeth. Roedd Jac Codi Baw ar ben yr ynys yn codi'r coed palmwydd ac yn eu llwytho ar y dympar mawr melyn, gyda'u gwreiddiau a llond bwced o bridd oddi tanynt. Lle bu gwlâu o flodau gwanwyn ac arddangosfa o flodau haf yn ddiweddarach, bellach roedd olion traciau tywyll y peiriannau trwm.

"Be goblyn?" meddai Alwen wrthi'i hun, gan syllu tua'r chwith wrth gerdded.

Bu ond y dim iddi faglu ar ei hyd dros olwyn berfa.

"Hei, edrych lle ti'n mynd!" gwaeddodd rhywun.

Wrth sadio'i hun drwy bwyso ar wal isel y groesffordd, trodd Alwen i weld pwy oedd wedi gweiddi arni.

Gwelodd lanc llydan a thal mewn ofyrôls gwaith. Llanc du, nad oedd hi wedi'i weld o'r blaen. Yn ei ferfa roedd llwyth o focsys llawn pridd a blodau. Daeth ati gyda'i law allan a gwên garedig ar ei wyneb.

"Ti'n iawn, wyt ti? Mi fu bron iti hedfan dros y wal yna! Mi fyddet ti wedi glanio yng nghanol y rowndabowt."

"Y ... Ydw. Dwi'n iawn." Roedd ar fin rhoi llond ceg iddo, ond roedd yna rywbeth am ei wên wnaeth ei stopio.

Tynnodd y llanc Alwen yn ôl oddi ar y wal fel ei bod yn sefyll yn sgwâr ar ei sodlau eto. Curodd hithau lwch y wal oddi ar ei dillad â'i dwylo, ac yna gofyn gan nodio at y peiriannau ar yr ynys,

"Be ydi hyn felly?"

"Gwneud twll."

"Fedra i weld hynny. Dyna ydi gwaith Sam a'i Jac Codi Baw, yntê?"

"Ti'n nabod Sam? Cymraes wyt ti 'ta?"

"Ia, a phwy wyt ti? Dwi heb dy weld di efo Sam o'r blaen."

"Dwi'n dod o Fanceinion rŵan. Roedd Sam yn gweithio ar y ffordd newydd rownd y maes awyr drwy'r gaeaf. Wnes i dipyn o waith labro iddo fo. Wedyn ..."

Diffoddodd injan y Jac Codi Baw mwyaf sydyn. Clywodd y

ddau waedd. Wrth droi i edrych tua'r ynys, gwelsant fod Sam wedi gadael caban y peiriant ac yn gweiddi ar yrrwr y dympar i ddiffodd ei injan yntau, gan chwifio'i law i awgrymu na ddylai symud modfedd.

"Be sy'n bod, Sam?" galwodd Meic ar y dympar.

"Tyrd yma i edrych ar hyn."

Pan ddaeth Meic at ei ochr, gallai Alwen weld fod Sam yn pwyntio at garreg fawr ym mwced y JCB, ac wedyn yn gweiddi,

"Ac edrych – mae 'na fwy yn fan hyn."

Gwelsant Meic yn neidio i lawr i'r twll a dim ond ei ben a'i ysgwyddau yn y golwg. Taflodd lympiau o bridd cleiog allan o'r twll, cyn oedi a gweiddi ar draws y ffordd,

"Hei, Oli! Tyrd â rhaw yma. A'r ferfa – ydi hi'n wag gen ti?"

"Well i mi'i siapio hi," meddai'r llanc. "Mae yna rywbeth yn poeni'r bòs, mae'n amlwg."

Oli o Fanceinion, meddyliodd Alwen wrth gerdded at y groesfan i groesi'r ffordd brysur.

Dadlwythodd Oli focsys pren a fu'n dal blodau yng ngwlâu canol yr ynys. Trawodd raw i mewn i'r ferfa, taflodd gip dros ei ysgwydd chwith a phan gafodd fwlch yn y traffig, rhedodd ar draws y ffordd at Sam a Meic ar yr ynys.

Gwyliodd Alwen y cyfan. Gwelodd Sam yn dod allan o'r twll ac yn codi'r rhaw a'i rhoi i Meic. Ni allai glywed y geiriau ond oddi wrth y stumiau gwelai fod Sam eisiau i Meic glirio pridd o'r twll i'r ferfa ac i Oli wedyn ei gario oddi yno. Dilynodd Sam â'i llygaid wedyn wrth ei weld yn mynd yn ei ôl i gaban y Jac Codi Baw, yn canfod ei ffôn ym mhoced ei gôt ac yna'n trafod y mater gyda rhywun.

Beth maen nhw wedi'i ganfod i achosi'r fath oedi? Doedd Sam Llanast ddim yn un i bwyso ar ei raw pan oedd gwaith i'w wneud, meddyliodd Alwen.

Ar hynny, daeth tri pheintiwr yn eu dilladau gwynion rownd y gornel, yn anelu at gaffi paned-yn-dy-law pen ucha'r stryd.

Roedd Alwen yn eu nabod yn iawn.

"Amser paned yn barod, Deio?" meddai wrth yr un byr, mwstashog – perchennog y busnes.

"Ti'n gwbod sut mae Len yma – rhaid iddo fo gael ei far o siocled am ddeg ar y dot."

Erbyn hyn, roedd Sam wedi gorffen ei alwad ac yn dringo allan o gaban ei beiriant.

"Be sy wedi digwydd fa'ma 'ta?" holodd Deio.

"Rhywbeth yn rhwystro'r gwaith," atebodd Alwen. "Be maen nhw'n ei wneud ar yr ynys, beth bynnag?"

"Gosod sylfaen. Mae 'na ufflon o lwyfan mawr o feini i'w gosod ar ganol yr ynys ac wedyn mae 'na obelisg mawr yn mynd i gael ei roi ar ben hwnnw."

"Obelisg?"

"Ia, rhyw dŵr cerrig i gofio un o enwogion y lle yma."

"Pwy, felly?"

"Wel, enw pwy sydd ar bob dim yn y dre' yma? Mistar Mostyn ei hun, yntê?"

"Syr Edward Mostyn William Mostyn?" Roedd Alwen wedi gwneud prosiect arno yn ei gwersi hanes.

"Hwnnw. Duw Llandudno," meddai Deio. Yna gwaeddodd ar draws y stryd. "Hei, Sam – be ydi'r broblem?"

"Cerrig," gwaeddodd Sam yn ei ôl.

"Rhy drwm i dy fwced bach di neu be?"

"Mae 'na lawar ohonyn nhw yma ..."

"Mae 'na lawar ar y traeth hefyd!"

"Ond mae rhai o'r rhain wedi'u naddu. Ambell dwll ebill ..."

"Be ti am neud 'ta?"

"Newydd ffonio'r Cyngor. Mae'r joban ar stop. Mae'n rhaid iddyn nhw gael gafael ar arch ... archol ..."

"Archaeolegwr?" gofynnodd Alwen.

"Hwnna," nodiodd Sam.

"Arch ddeudodd o?" gofynnodd Len, cyn troi a dechrau cerdded am ei gaffi a'i siocled.

Cyn hanner awr wedi deg o'r gloch, roedd stori ar hyd y dref fod corff wedi'i ddarganfod mewn arch garreg ar rowndabowt Stryd Mostyn. Corff o gyfnod y Rhufeiniaid, meddai rhai. Ond roedd y gwir yn fwy o ddirgelwch na hynny ...

Pennod 2

Erbyn canol y prynhawn roedd holl bridd yr ynys ar y groesffordd wedi'i glirio'n ofalus gan JCB Sam Llanast a dympar Meic. Roedd gwely o hen gerrig mewn rhesi trefnus wrth ochrau'i gilydd wedi dod i'r golwg. Diflannodd y peiriannau i wneud joban arall ac roedd lorri o adran arddwriaeth y Cyngor wedi cludo'r holl focsys blodau pren a gasglwyd gan Oli a'i ferfa a'u symud i erddi'r Fach, yr Happy Valley, ar lethrau'r Gogarth.

Dan gyfarwyddyd dyn siwt o swyddfa'r dref yn ei siaced ylwch-chi-fi, roedd criw o weithwyr y Cyngor wedi rhoi baricêds coch yn grwn o amgylch y safle i'w ddiogelu.

Yn fuan wedi hynny, roedd Ylwch-chi-fi yn ei ôl ar ganol yr ynys – y tro hwn yng nghwmni merch mewn welingtons a chap camlas denim gyda phig arno. Roedd ganddi sgrepan dros un ysgwydd a thynnodd gaib law ysgafn ohoni.

Plygodd Sylwen Huws i'w chwrcwd a dechrau tyrchu rhwng rhai o'r cerrig ar lawr yr ynys.

"Edrychwch," meddai wrth y swyddog, gan dynnu'i sylw at y cerrig. "Mae'r rhain wedi'u gosod efo llaw yn dynn wrth ei gilydd, rhyw fetr yn is na lefel y ffyrdd yn y rhan yma o'r dref."

"Adeg creu'r ynys yma a'r waliau cerrig ar ymylon y palmant oedd hynny, falla?" gofynnodd y swyddog. "Rhyw hanner can mlynedd yn ôl o bosib?"

"Na, mae'r rhain yn gerrig gwahanol," atebodd y ferch.

"Cerrig calch ydyn nhw, 'run fath â'i gilydd, o be wela i."

Llyncodd Sylwen ei phoer. Roedd hi'n amlwg nad oedd y

swyddog eisiau problem ar ei ddwylo. Dyma lanast dychrynllyd ar ganol prif ffyrdd y dref ac roedd hi yn anterth y tymor gwyliau. Roedd rhywbeth wedi mynd o'i le yn barod, gan fod y gwaith mor hwyr yn dechrau. Y peth olaf roedd hwn eisiau, roedd hi'n amlwg i Sylwen, oedd unrhyw oedi cyn bod y lle'n ôl yn lân a thaclus unwaith eto. Ond roedd ganddi hithau ei gwaith i'w wneud hefyd.

"Mae degau o chwareli cerrig calch yn yr ardal yma, rhwng dau benrhyn y bae a'r bryniau eraill," esboniodd Sylwen. "Fedra i ddim deud yn union o ble daeth y rhain heb wneud mwy o brofion a gwaith ymchwil – ond mi fedra i ddeud nad cerrig o chwarel fodern ydyn nhw."

"Wel, ti ydi'r archaeolegydd, debyg iawn," ildiodd y swyddog. "Fedra i hyd yn oed weld hynny efo fy llygaid fy hun. Ond ydi hyn i gyd yn bwysig?"

"Mae'r cerrig yma ar yr ynys wedi'u naddu efo llaw – welwch chi sut mae corneli rhai ohonyn nhw wedi'u siapio? Cerrig congl mewn rhyw wal neu adeilad, efallai. A'r un hir acw – mae twll crwn wedi'i wneud gan ebill a morthwyl lwmp yn honno. Roedd colyn dal giât neu ddrws beudy ynddi hi ar un adeg, mae'n debyg. Mae yna liw tywydd ar y rhain er eu bod nhw wedi cael eu claddu. Maen nhw'n hŷn na'r ganrif ddiwetha."

"Ond falla mai'r pridd sydd wedi bod ar eu pennau nhw sydd wedi'u tywyllu nhw ..."

"Na, mae ôl y gwynt wedi bwyta ambell wyneb – fyddai'r gwynt ddim wedi'u cyrraedd nhw dan y pridd."

"Ond falla fod gweithwyr y cyngor wedi dod â hen gerrig o ryw hen waliau'n rhywle ac wedi'u gosod nhw'n sylfaen i'r pridd pan godwyd yr ynys yma?"

“Mae hynny’n bosib, ond mi fyddwn i wedi disgwyl iddyn nhw fod wedi’u gosod yn flerach ac wedi cael eu malu wrth gael eu rowlio gan beiriannau trymion. Dydi hynny ddim wedi digwydd, welwch chi … eu gosod efo llaw cyn bod y gair rowndabowt wedi cael ei fathu.”

“Ond pryd, felly …?”

“Cwestiwn da. Dyna ydi ’ngwaith i …”

“Ond pam …?”

“Cwestiwn da arall. Gobeithio cael atebion wrth chwilio a chwalu’n ofalus fydda i.”

“Ond o leia dydi hwn ddim yn safle Rhufeinig, a fydd dim rhaid atal y gwaith am fisoedd a rhyw lol felly?”

“Wel, mae yna ffynnon sy’n cael ei galw’n Ffynnon Rufeinig ar y Gogarth, yn does?” meddai Sylwen, â gwreichionen chwareus yn ei llygaid.

“O’r mawredd!” Doedd Ylwch-chi-fi ddim wedi gweld y wreichionen honno.

“Na, go brin fod yna Fila Rufeinig yma,” aeth yr archaeolegydd yn ei blaen. “Ond mae rhyw gyfrinach hanesyddol yma. Un llawer nes atom ni, efallai. Mi fydd yn ddifyr gweld be ddown ni ar ei draws.”

“A faint o amser mae hyn i gyd yn mynd i’w gymryd?”

“Faint o amser gawson nhw efo’r pyramidiau, deudwch?”

Ar hynny, dyma ddau ŵr ifanc mewn siwtiau smart yn galw ar draws y groesffordd a chwifio’u breichiau i dynnu’u sylw.

“Hoi! Chi fan’na!”

“Agorwch y baricêd yna!”

“Gwnewch le i ni ddod drwodd!”

"Fedrwch chi stopio'r traffig i ni hefyd?"

Gwnaeth Ylwch-chi-fi sŵn fel ci yn udo o dan ei wynt.

"Dyma'r ddau ola' dwi angen eu gweld," meddai, gan daflu cip ar yr oriawr. "Pryd ga i fynd 'nôl i fy swyddfa?"

"Pam? Pwy ydi'r rhain?" holodd Sylwen.

"Robert Mostyn Lloyd a William Mostyn Hughes. Dau gefnder."

"Teulu Mistar Mostyn?"

"Ddim y pen-bandits, ond maen nhw'n perthyn rywsut i'r alffa-mêl ei hun. Digon o cash, dim cwrteisi."

"Hoi, agorwch y baricêds yna inni!"

"'Dan ni'n croesi'r stryd ar ôl y bŷs yma!"

Cerddodd Ylwch-chi-fi i ddatgysylltu dau o'r bariars cochion oedd yn gwarchod yr ynys. Gan chwifio'u breichiau'n ffyrnig ar y traffig, gwyliodd Sylwen y ddau gefnder yn gweu llwybr iddyn eu hunain rhwng y ceir cyn cyrraedd yr ynys. Canodd un gyrrwr ei gorn arnyn nhw, ac fel deuawd ar lwyfan, trodd y ddau a chodi bys canol yn ei wyneb.

"Pleb!" gwaeddodd un.

"Ignoramus!" gwaeddodd y llall.

Yna, troesant i gamu'n ofalus dros gerrig yr ynys, gan geisio baeddu cyn lleied ag oedd yn bosib ar eu hesgidiau lledr drud. Anwybyddwyd y swyddog o'r cyngor ganddyn nhw – aethant at Sylwen ar eu hunion.

"Robert Mostyn Lloyd," meddai'r naill wrth yr archaeolegydd.

"William Mostyn Hughes," meddai'r llall, gan ymestyn ei law agored ati.

“Sylwen Huws,” meddai hithau. Roedd ar fin cydio yn llaw William pan dynnodd hwnnw’i law yn ôl a chodi’i fawd at ei drwyn, a chwarae ffliwt gyda’i fysedd.

″A ... ha-ha!” chwarddodd William yn sbeitlyd. “Mae’n amlwg na fuest ti yn Eton!”

“Na, stamp Ysgol Ysbyty Ifan sydd arna i,” atebodd Sylwen yn swta.

“Stamp Ysbyty Ifan? Be ydy hwnnw?” gofynnodd Robert.

“Hwn!” Stampiodd Sylwen ei welington ar esgid William gan ddynwared ei chwerthiniad, “A ... ha-ha!”

Edrychodd y cefndryd yn syn ar ôl y welington fwdlyd ar yr esgid loyw. Camodd Ylwch-chi-fi rhyngddyn nhw.

“Dyma’r broblem,” meddai, gan wneud bwa â’i fraich uwch cerrig yr ynys.

“Dim probs, gaffer. Sylfaen da i’r obelisg,” meddai Robert.

“Bloc o goncrid am ben hwn. Jyst y job,” meddai William.

“Neu godi’r cerrig a’u defnyddio nhw yn yr obelisg?” cynigiodd Robert.

“Obelisg cerrig Llandudno – dyna syniad, gefnder.”

“Mae hwn yn safle dan astudiaeth archaeolegol ar hyn o bryd,” nododd Sylwen yn gadarn. “Fydd dim yn digwydd i’r cerrig nes y bydd adroddiad wedi’i gwblhau.”

“Dydan ni ddim yn mynd i adael i dipyn o waith papur ddal popeth yn ôl, yn nac ydan?”

“Nid dyna sut mae’r Mostyns yn gweithio!”

“Gorffen y plinth wythnos yma.”

“Cau popeth yn ôl.”

“Codi obelisg yn y gaeaf.”

"Barod ar gyfer y Fictorian Ecstrafagansa yn y dre' adeg gŵyl banc Mai nesaf."

"Obelisg. Mae hwnnw'n beth hanesyddol yn tydi, gefnder?"

"Ydy, William. Gair Groeg – wyt ti'n cofio'r gwersi?"

"Tŵr pigfain."

"Cofeb i frenhinoedd a duwiau, William."

"Ie, Robert. Pigyn ar y top."

"Trywanu'r awyr i adael i'r haul belydru ar y ddaear."

"Fel y gwnaeth y Mostyns yn Llandudno, Robert."

"Yn gyfan gwbl gywir, William."

Trodd Sylwen ei chefn ar y cefndryd, tyrchu yn ei sgrepan a thynnu camera bychan o'i pherfedd. Cerddodd at ymyl yr ynys, plygu a dechrau tynnu lluniau o'r cerrig. Glanhaodd wyneb ambell garreg a thynnu llun agos.

Edrychodd Robert a William ar ei gilydd ac yna ar swyddog y cyngor.

"Wyt ti yn mynd i ddywedyd wrthi hi?" gofynnodd William.

"Dwedyd beth yw beth?" gofynnodd Robert.

Pesychodd Ylwch-chi-fi a symud ei bwysau o un droed i'r llall.

"Wel ... Mae unrhyw ddarganfyddiad fel hyn yn ... wel ... mae'n rheol ..."

"Smartphone, William?"

Estynnodd ei gefnder ei ffôn o boced ei siaced.

"Digon o bars, Robert."

"Davies Conwy County Council, William?"

"Dyma'r *direct line*, Robert."

"Mae'n ddrwg gen i dorri ar draws, gyfeillion." Roedd

Sylwen wedi dychwelyd at y grŵp. "Nid rheolau'r cyngor sir ydy'r rhain. Corff treftadaeth Senedd Cymru sy'n gofalu am ein trysorau hanesyddol ni. Oes gynnoch chi *direct line* iddyn nhw?"

Edrychodd y cefndryd yn syn ar ei gilydd, ac yna ar Ylwch-chi-fi.

"Rhaid i mi fynd yn ôl i'r swyddfa," ymddiheurodd hwnnw.

Gwenodd Sylwen ar y ddau arall ac yna edrych i fyny ar y cymylau.

"Gweddi fach ydi'r unig ddewis arall ichi, hogia. Siŵr fod y Mostyns wedi cael gair yn ei glust O fyny fan'na cyn heddiw? Yn y cyfamser, rhaid ichi adael y safle. Caewch y barier ar eich ôl." A dychwelodd hithau at ei gwaith.

"Colli brwydr ond heb golli'r rhyfel, William."

"Dyfal donci sy'n ennill y ras, Robert."

Ciliodd y ddau'n urddasol o faes y gad.

* * *

"Welaist ti'r ynys ar dy ffordd?" gofynnodd Alwen i'w chwaer pan gyrhaeddodd hi'r siop tships am bedwar y prynhawn hwnnw.

"Hy! Edrych fel cae rygbi mis Chwefror, yn tydi? I be oedd isio symud y bloda' i gyd?"

"Be oedd yn digwydd yno?"

"Dim byd. Rhyw griw o bobl bwysig yn siarad, dyna i gyd."

"Glywaist ti rywbeth ar y stryd?"

"Rhywun yn deud eu bod nhw wedi dod ar draws bedd Horm y Feicing. Ellith o mond bod yn stori dda i Landudno, yn na fedar? Mwy o bobl yn dod yma i fwyta tships!"

Pennod 3

"Lle mae hi?"

Ac yna, wedi saib:

"Yr hogan yna ... Lle mae hi?"

"Be ddeudaist ti, Elisa?"

"Yr hogan fach yna oedd yn dod yma, lle mae hi, Arthur?"

"Pwy ...?" Ochneidiodd Arthur wrth agor ei lygaid a gweld fod y llofft yn dal yn ddu gan y nos. Estynnodd ei fraich allan o dan y gorchudd a chynnau'r lamp ar y bwrdd wrth ochr y gwely.

"Pwy sydd gen ti rŵan, Elisa?" Erbyn hyn roedd ei wraig wedi codi ar ei heistedd ar y gwely. Ochneidiodd Arthur eto wrth weld yr olwg ddryslyd ar ei hwyneb.

"Roedd 'na hogan fach yn dod yma stalwm, yn doedd, Arthur? Ei gwallt hi'n rhaffau am ei bod hi wedi cerdded i lawr y llechwedd o'i thŷ yn wyneb gwynt y môr. Roedd yna wên yn ei llygaid hi bob amser, er bod yr heli yn gwneud iddyn nhw ddyfrio. A sôn am siarad! Roedd hi'n medru holi fi'n dwll. Sylwi ar y petha' lleia ac eisio gwbod be oedd y stori a be ddigwyddodd wedyn. A chlecian ei geiriau'n glir y byddai hi – llond ceg o iaith. Lle mae hi, Arthur? Tydi hi ddim wedi galw heibio ers tro, yn nac ydi? Lle ...?"

Erbyn hyn, sylwodd ei gŵr fod y rhychau ar wyneb Elisa wedi llyfnhau eto. Diflannodd y dryswch. Gwên hiraethus oedd ar ei gwefusau bellach.

"Alwen ydi hi, Elisa." Ochneidiodd Arthur unwaith eto.

"Wedi tyfu mae hi. Mae hi'n llances ifanc un ar bymtheg oed rŵan. Ac mae hi'n dal i alw yma 'sdi ..."

Gafaelodd Arthur yn llaw ei wraig.

"Dw inna'n cofio fel byddai hi'n edrych ddeng mlynedd yn ôl hefyd, 'sdi. Pleser ei chael hi yma, yn doedd? Ond wedi tyfu mae hi, dyna i gyd. A 'dan ni'n lwcus ei bod hi'n dod yma o hyd."

"O, fi sy wedi bod yn breuddwydio eto," meddai Elisa. "Ennill cwsg a cholli gafael. Bydda hi'n dod yma am de, weithia', yn bydda hi? Crempog efo lemon a siwgwr gwyn. Hitha'n helpu yn y gegin. Ac wedyn, cyn y bydda hi wedi sychu'i cheg mi fydda hi'n gofyn be oedd yna i'w wneud nesa. Roedd hi'n un dda am helpu i hau hada' a dyfrio'r bloda' hefyd ..."

Rhwbiodd Arthur gefn ei llaw.

"Ydi hi wedi dechra' goleuo eto, ydi hi?" holodd Elisa wedyn.

"Na, gola'r lleuad sydd 'na!" Cododd Arthur a sefyll wrth y ffenest, gan agor y llenni rhyw fymryn cyn eu tynnu at ei gilydd. "Mae'r hen leuad yn llenwi. Mae'n olau braf dros yr aber a draw am y mynyddoedd pell. Yn glir hefyd. 'Blaw bod tawch nos yn dod i mewn o'r môr. Rêl dechra' haf. Fydd hi'n niwl at draed y gwely erbyn y bydd hi'n gwawrio, mae'n siŵr, ond mi godith yn braf wedyn."

Roedd Elisa wedi rhoi'i phen yn ôl ar y gobennydd bellach.

"Dwi'n cofio rŵan. Ddaeth hi yma ddoe, yn do? Neu echdoe, efalla."

"Wyt ti am i mi fynd i wneud panad inni?" cynigiodd ei gŵr.

"Hew ia, panad fasa'n dda. A chrempog hefyd ...?"

"Wel na, chei di ddim crempog yr adeg yma o'r nos, yn na chei!"

Dal i glwcian chwerthin wrtho'i hun roedd Arthur wrth gerdded i lawr y grisiau. Pan ddychwelodd gyda mygiad o de bob un iddyn nhw, roedd Elisa'n cysgu'n dawel.

* * *

"Ci coch pwy ydi hwn sydd gen ti?" gofynnodd Elisa yn hwyrach y bore hwnnw.

"Ein ci ni ydi o, Nain," atebodd Alwen.

"Be ydi'i enw o?"

"Gel."

"Ydw i wedi gweld hwn gen ti o'r blaen?"

"Falla ei fod o wedi tyfu dipyn ers tro diwetha, Nain."

"Mae o wedi'i farcio'n ddel hefyd. Mae'n edrych yn gall."

"Mi all siarad efo'i lygaid, wyddoch chi, Nain? Does dim rhaid iddo fo gyfarth na gofyn – mae edrych i'w lygaid o'n ddigon."

"Roedd gan 'Nhad ast ddefaid 'run lliw â hwn. Does ganddoch chi ddim defaid acw, nagoes?"

"Nagoes, Nain! Tŷ rhes sy ganddon ..."

"Hwn yn gi mawr i fod mewn tŷ teras, Morfudd."

"Alwen ydw i, Nain. Merch Morfudd 'de. Tomi ydi Dad ..."

"Lle mae Tomi hefyd?"

"Mi fydd yn ôl pnawn 'ma. Fydd y cwch yn cyrraedd Conwy efo'r llanw fel arfer."

"Ydy o'n dal pysgod y dyddia' yma?"

"Dad yn deud ei bod hi'n anodd ar gychod bach fel ei un nhw. Mond noson neu ddwy ar y môr fedran nhw wneud. Amser yn diflannu wrth fynd a dod o'r cei o hyd. Y llongau ffatrïoedd pysgod yma'n sgubo popeth yn y môr mawr, medda fo."

"Oes gen ti ddim ysgol heddiw?"

"Gwylia' haf, Nain."

"Oes gen ti ddim gwaith gwylia'? Roedd gen i ffedog wen ac yn syrfio yng nghaffi Heulfryn Gardens pan oeddwn i'n ddeuddeg oed, wyddost ti?"

"Wn i, Nain. Mae gen inna' ofyrôls gwyn i syrfio tships. Ond mae gen i ddiwrnod i ffwrdd heddiw."

"Be wnei di efo fo?"

"Wel, mae 'na rywbeth hefyd."

"Deud wrth dy nain, 'ta."

"Glywsoch chi am y cerrig ar yr ynys yn Stryd Mostyn?"

"Pa gerrig ar ba ynys, hogan?"

"Cerrig wedi'u siapio a'u gosod mewn rhesi ..."

"Os ydi cerrig yn cael eu naddu, meini ydy'r enw arnyn nhw."

"Welais i Taid wrth yr ynys neithiwr. Ar ôl gwaith. Roedd yna dyrfa o bobl yn cael sbec dros y bariers ..."

"Lle mae dy daid, dywed? Dydy o byth yn tŷ, yn nac ydy?"

"Dyfrio potia' bloda o flaen tŷ mae o, Nain. Maen nhw'n sioe a hanner gennoch chi eto eleni, tydyn?"

Cododd Elisa Owen a chamu at y ffenest.

"Roedd yr hen bobl yn gall, ti'n gweld."

"Be dach chi'n feddwl, Nain?"

"Mae tai Stryd Cwlach yma i gyd yn wynebu haul y bora a does yr un yn cysgodi'r naill a'r llall. Mae pawb yn cael rhannu'r heulwen yn yr hen bentra ar y llethr yma."

"A dyna pam fod y bloda'n gwneud mor dda yma?"

"A'r gath. Edrych arni ar silff y ffenest."

Cododd Alwen a mynd i sefyll wrth ochr yr hen wraig.

"Mae Miaw yn flodyn yr haul hefyd, Nain!"

"Lle cynhesa yn y stryd – fan'na y bydd anifail bob amser. Hei, agor y drws yna iddi – dydi hi ddim wedi cael llefrith gen i bora 'ma eto."

Aeth Alwen at y drws ffrynt a galw ar y gath fach lwyd.

"Ydi'r ci yma'n dryst efo hi?"

"Ydi, Nain. Mae Gel yn ddigon call i weld fod Miaw yn perthyn i'r lle 'ma."

Diflannodd Elisa i'r gegin gefn a dychwelyd gyda jwg lefrith a soser.

"Dyma ti, Miaw bach. Does yna ddim synnwyr dy fod ti ddim wedi cael dy ddiod a hitha'n fora ers meityn, yn nag oes?"

"Rhaid i mi lenwi hwn eto." Daeth Arthur Owen i ffrâm y drws gyda'i gan dyfrio yn ei law. "Y potiau'n llyncu dŵr yn y tywydd sych yma."

Gwelodd y gath fach lwyd wrth ei soser.

"Ydi hon yn cael brecwast gen ti eto, Elisa?"

"Mae hi'n hwyr, tydi, a 'dan ni wedi anghofio pob peth amdani."

"Mi rois i lefrith iddi wrth wneud paned ben bora ac roist tithau beth iddi ar ôl codi. A dwi'n siŵr ei bod hi wedi cael mwy gen ti ers hynny hefyd!"

"Wel, mae hi angen tyfu, beth bynnag."

"Ddaru chi ddim sôn wrth Nain am y cerrig yn yr ynys, Taid?"

"Do, mi wnes, w'sti. Ond ..."

“Ydw, dwi’n cofio hynny’n glir fel cloch,” meddai Elisa gyda gwên lydan ar ei hwyneb.

Camodd Arthur dros garreg y drws a dod i mewn i’r stafell ffrynt.

“Mae’n amser paned, siŵr o fod. Dw inna’n sychu yn y tywydd yma. Gymeri dithau un efo ni, Alwen?”

“Fydda i fawr o dro,” meddai Elisa gan godi’r jwg lefrith a cherdded yn ôl i’r cefn.

Cafodd Alwen ychydig funudau gyda’i thaid wrth iddi fynd yn ôl i’w sêt a gadael iddo yntau eistedd yn ei gadair wrth y ffenest.

“Anghofio’r petha’ bach mae dy nain,” meddai. “Ond wyddost ti, Alwen, mae hi’n dal i fy syfrdanu i gydag ambell stori na chlywais i erioed o’r blaen. Mae’i chof hi’n dal i fynd yn ôl yn bell iawn ac mae yna ryw betha’ rhyfedda’n dod i’r wyneb o hyd.”

“Fydda i wrth fy modd yn dod yma i sgwrsio efo hi, Taid. Y ddau ohonoch chi. Dach chi’n llawn hanesion.”

“Dy nain yn fwy na fi, Alwen. Yng Nghonwy ges i fy magu, a’r cei a’r sgotwrs yn fan’na ydy fy nheulu i. Ond mae gan dy nain lond y fynwent yna ar y Gogarth o straeon. Mae hi’n cofio’r hen deuluoedd i gyd. Wel ...”

“Dyma ni. Orenj sgwosh poeth efo llwyaid o fêl ynddo fo wyt ti’n ei gymryd, yntê, Alwen?”

Derbyniodd yr wyres y ddiod gyda diolch, er nad oedd wedi cael oren fel hyn gan ei nain ers pan oedd hi’n chwech oed.

* * *

Edrychodd ei mam yn syn ar Alwen pan gerddodd i mewn i lyfrgell y dref y prynhawn hwnnw. Gorffennodd ddelio gyda llyfrau un benthyciwr a throdd at ei merch.

"O'n i'n meddwl fod gen ti reol 'dim darllen' nes bod yr ysgol yn ailagor?"

"Ddim gwaith ysgol ydi hyn."

"Am be wyt ti'n chwilio?"

"Y cerrig yna ar yr ynys sy'n fy nghosi i, Mam. A dwi'n sylweddoli mwya sydyn nad ydw i'n gwbod fawr ddim o hanes y dre' lle dwi'n byw."

"O, lle ti'n dechra', dywed? Mae yna ambell i lyfr hanes – ond mae gen ti gymaint o wahanol gyfnoda', yn does? Mi wyddost fod y gwaith copr ar y Gogarth yn mynd 'nôl i'r Oes Efydd – tua phedair mil o flynyddoedd yn ôl. Ac mae rhai o'r ogofeydd a'r sgerbydau ar y Gogarth yn mynd 'nôl ddeng mil o flynyddoedd. A phaid â dechra' sôn am ffosiliau a chalch o esgyrn pysgod, neu rydan ni'n gorfod edrych ar gannoedd o filiyna o flynyddoedd ..."

"Na, do'n i ddim yn meddwl am yr hen, hen hanes. Er bod hanes yn y creigiau hefyd. Hanes pobl oedd gen i mewn golwg. Dyna pam es i heibio Nain ..."

"Wel, ia. Drwyddi hi rwyt ti'n perthyn i rai o bobl hynaf yr ardal yma. Sut oedd hi?"

"Wel, mi roedd y sgwrs yn llifo ond dwi ddim yn siŵr ..."

"Mae'n greulon bod rhywun fel hi'n dechra' colli gafael ar betha'."

"O, dydi Nain ddim fel'na, Mam! Mae hi'n llawn storis o hyd. Ond ei bod hi'n neidio'n ôl ac ymlaen. Mae'n anoddach cadw at y llwybr efo hi."

"Yli, mae 'na giw tu ôl iti. Os wyt ti eisiau 'chydig o straeon pobl Llandudno, dos i fyny un llawr ac i'r gornel ymchwil. Mae 'na beiriant meicroffilm yn fan'no. Gofyn i Mrs Llinos James wrth y ddesg i dy helpu di. Gei di weld meicroffilms o hen bapura' newydd wythnosol gan mlynedd a mwy yn ôl. Yn y *Llandudno Advertiser* – yn fan'no mae hanesion y dre' yma. Mae fan'no yn lle difyr i ddechra' chwalu. Wela i di wedyn."

Fu Alwen fawr o dro'n dod i ddeall y peiriant meicroffilm. A waw, doedd hi ddim yn disgwyl hyn. Tudalen flaen yn llawn hysbysebion. Busnesau a gwestai, crefftwyr yn cynnig eu gwasanaethau ... O, roedd y Westminster Hotel yma, wrth gwrs. Ac yn hysbysebu fod ganddyn nhw 'electric light'! Symud i dudalen arall ... cyngherddau ...pils at bob anhwylder ... Eisteddfod Genedlaethol yn Llandudno! ... tripiau cwch, trên a char a cheffyl i Eryri ... amserlen y llanw ... A dyma rywbeth diddorol? Hanes achos llys ...

Wedi awr a hanner, sylweddolodd Alwen nad oedd wedi darllen un rolyn cyfan o ffilm eto. Ond roedd wedi mwynhau'i hun ... Faint o'r gloch oedd hi? Brysiodd i gadw'r ffilm, diffodd y peiriant a chau drôr y cwpwrdd cetris. Diolchodd i Llinos James a brysiodd i lawr y grisiau. Cododd ei llaw ar ei mam a brysiodd adref heibio'r ynys a'i bariers coch. Doedd yr un enaid ar gyfyl y cerrig yn y canol y prynhawn hwnnw.

Roedd ei thad yn y drws a llond ei geg o fysedd yn chwibanu'n uchel.

"Gel! Gel!"

Trodd i wynebu Alwen.

"Wnes i mond mynd â fo am ryw wynt bach i Ben y Dinas.

Ac mi ddiflannodd. Dwi wedi galw a galw ... Ddois i ’nôl yma rhag ofn ei fod wedi cyrraedd adre o ’mlaen i ...”

“Dad, ti ’rioed yn deud dy fod wedi colli Gel!”

Pennod 4

"Pwy sydd ar goll, meddet ti?"

"Ein ci ni, Nain."

"A be ydi'i enw o."

"Gel."

"A sut gi, hefyd."

"Ci Cymreig ..."

"Ci coch? Coler o flew gwyn ar ei war ac am ei wddw a streipen wen o'i dalcen i'w drwyn. Dipyn o frown tywyll o amgylch ei lygaid."

"Ia hwnnw, Nain. Yma mae o?"

"Na, heb ei weld o ers blynyddoedd ..."

"Ond ddoe, Nain ...!"

Roedd Alwen wedi dechrau mynd i chwilio am ei chi i Stryd Cwlach at ei thaid a'i nain – rhag ofn ei fod yn cofio'i ffordd yno. Yn y cyfamser, roedd ei thad yn dringo i gopa'r Gogarth ac yn chwilio'r tir gwyllt a'r hen chwareli yno.

"Oes gen ti ddim ysgol heddiw, hogan?"

"Na, gwylia' ..."

Roedd amynedd Alwen yn prysur ddiflannu.

"Gofiais i wedyn. Ti angen mynd i chwilio ar y tir comin ..."

Am be roedd hon yn fwydro rŵan, meddyliodd Alwen.

"Wyddost ti, lle mae'r meini yna ..."

Pa feini? meddyliodd Alwen. Sôn am feini'r Orsedd pan ddaeth y Steddfod Genedlaethol i Landudno mae hi? Meddwl fod y fan honno'n lle da i chwilio am Gel mae hi? Yn y Fach, fel mae Nain yn galw'r gerddi?

"Syniad da, Nain. Mi af i am y Fach rhag ofn ei fod yn fan'no. Mae'r lle'n fyd ar ei ben ei hun, yn tydi?"

"Hen chwarel oedd hi, wyddost ti ... ac ...."

Roedd Alwen eisoes wedi gadael.

Canodd ffôn fach Alwen pan oedd yn brasgamu heibio gorsaf Tram y Gogarth. Ei thad.

"Welaist ti olwg ohono fo, Dad?"

"Dim sôn amdano, Alwen. Dwi wedi bod rownd y maes parcio a'r caffi a dwi am fynd am chwarel y copa rŵan."

"Doedd Nain ddim wedi'i weld chwaith. Dwi am fynd am y Fach – dwi ar Ffordd Tŷ Gwyn rŵan. Ffonia i wedyn."

Ar ffordd Teras y Bryn, gwelodd Alwen ddau o'r hogiau oedd gyda hi yn yr ysgol.

"Hei, Breian a Jona. Welsoch chi 'nghi i?"

"Y ci coch yna?" gofynnodd Jona.

"Ia! Welsoch chi o?"

Ysgydwodd y ddau eu pennau. Dechreuodd Alwen frasgamu eto.

"Lle'r ei di i chwilio amdano?" holodd Breian.

"Am y Fach."

"Happy Valley? Ddown ni efo chdi. Tyrd, Jona."

Gweai'r llwybr o amgylch llechwedd Pen y Dinas. Galwai Alwen enw Gel. Chwibanai'r bechgyn. Ond nid oedd unrhyw ymateb i'w glywed. Cyn hir, roedden nhw wedi cyrraedd gorsaf y car codi, y caffi a'r amffitheatr awyr agored yn y Fach. Gwahanodd y tri i gyfeiriadau gwahanol i chwilio'r llwyni a'r coed, a chyfarfod yng nghylch meini'r Orsedd ar ddiwedd y chwilio.

"Dim yw dim," meddai Breian.

"Dydi o ddim yma," cytunodd Jona.

"Fyddi di'n mynd ag o am y traeth weithia'?" holodd Breian wedyn.

"Anaml iawn. Dydi o ddim yn hoff iawn o ddŵr y môr."

"Dydan ni ddim gwaeth na rhoi cynnig arni, a ninna' mor agos," meddai Jona.

Aeth yr hogiau am y pier ac Alwen i lawr gerddi'r Parêd, cyfarfod o flaen gwesty San Tudno ac yna cerdded ar hyd y prom, gan gadw llygad ar y traeth. Ond doedd dim sôn am Gel. Ffoniodd Alwen ei thad, ond doedd ganddo yntau ddim newyddion chwaith.

"Wn i ddim, Alwen, ond dwi'n meddwl y dylet ti adael i'r plismyn wybod," meddai Jona.

"Ia, wyddost ti ddim – efalla ei fod yn y pownd ganddyn nhw," awgrymodd Breian.

"Ddown ni efo chdi."

Roedden nhw wedi cyrraedd Feniw Cymru ac mi droeson nhw wedyn am y dref nes cyrraedd gorsaf yr heddlu, heb fod ymhell o'r orsaf drenau. Na, doedd neb wedi ffonio ynglŷn â'r un ci coll ... Na, doedd y warden cŵn ddim wedi canfod ci strae. Reit, oes yna lun ohono ar ffôn ...?

Ffeiliwyd disgrifiad o Gel ac addawyd y byddai'i lun a'r newydd ei fod ar goll ar y cyfryngau cymdeithasol cyn diwedd y prynhawn. Gadawodd Alwen ei rhif ffôn a'i chyfeiriad.

Wedi diolch iddyn nhw a ffarwelio â'i ffrindiau, ymlusgodd Alwen adref a'i llygaid ar y ddaear.

Cododd ei thad ei ysgwyddau wrth ei gweld. Doedd geiriau ddim yn gysur.

Ymhen rhyw chwarter awr, cyrhaeddodd Morfudd Owen adref o'r llyfrgell a chael yr hanes i gyd.

"Waeth inni heb na bod â'n penna' yn ein plu," meddai hithau. "Well inni ymroi ati i drio gwneud rhywbeth. Fedri di gynllunio poster, Alwen? Rho'r llun yna o Gel arno fo. Mi wna i eu hargraffu nhw ar brintar y llyfrgell ben bora fory ac mi gei di'u chwalu nhw o gwmpas y dre' cyn iti fynd i dy waith."

Gwnaed hynny, ond digon di-sgwrs oedd hi yn Rhif 6 y noson honno.

"Sut hwyl gest ti efo'r ymchwil, Alwen?" holodd ei mam, gan geisio newid y pwnc.

"Does gen i ddim amser i hynny rŵan," oedd yr ateb swta.

* * *

Gyda'i bod hi'n goleuo drannoeth, roedd Alwen yn codi ac yn gwisgo amdani. Trawodd olwg ar ei ffôn. Dim neges gan yr heddlu. Dim ymateb ar y cyfryngau. Os oedd Gel yn rhydd yn y dref, mi fydd y ci eisiau bwyd, meddyliodd. Lle câi o fwyd? Meddyliodd am wylanod y dref. Cefn y gwestai. Mi wnâi hi ddechrau ar hyd y lonydd cefn.

Cerddodd i lawr yr Hen Ffordd heb weld yr olygfa o'i blaen y bore hwnnw. Toc, roedd yn mynd heibio'r ynys gaeedig ar ben Stryd Mostyn heb wneud sylw ohoni. Croesodd y briffordd a cherdded ar hyd Ffordd Tŷ Isaf ar hyd cefnau'r gwestai crand. Doedd hi ddim mor ddeniadol rhwng y sgips a'r biniau yn y cefnydd, ond doedd dim arall yno ond sgrechian y gwylanod.

Cafodd lond bol ar hynny erbyn cyrraedd cefn gwesty'r Hydro. Trodd i'r chwith i gyfeiriad y traeth ac yna cerdded yn ôl ar hyd y prom i gael gwynt y môr i glirio'i ffroenau.

Oedodd wrth y bandstand i edrych ar enfys eang y traeth – draw at Drwyn y Fuwch i ddechrau ac yna at y pier a'r Gogarth. Roedd un yn ymdrochi yn y môr eisoes, a siwt cadw'n gynnes amdano. Un o'r rheiny sy'n nofio bob dydd o'r flwyddyn, tybiodd Alwen. Ac roedd un arall yn y dŵr yn nes at y pier ... a chi yn y dŵr gyda hwnnw ... Ci! Craffodd. Ci cryf, gweddol o faint ... coch ... ond gwyn hefyd ... Gel!

Dechreuodd Alwen redeg. Carlamodd yn wyllt ar hyd y prom gan alw'i enw a cholli'i gwynt bob yn ail. Pan oedd gyferbyn â'r ddau yn y dŵr, trodd a dechrau rhedeg i lawr y traeth, dros y cerrig ac yna'r tywod gwlyb ...

"Gel! Gel! Gel!"

Trodd y ci ei ben. Oedodd. Trodd i edrych ar y nofiwr oedd gydag o yn y môr. Oedodd eto. Yna llamodd drwy'r dŵr, allan o gyrraedd y tonnau a gwibio i fyny'r traeth tuag at Alwen. Neidiodd gan godi'i ddwy bawen flaen ar ei siaced a gwthio'i flew gwlyb drosti i gyd. Ond doedd hi ddim yn poeni am hynny. Roedd ei chi yn iach, yn ddianaf i bob golwg ac mewn hwyliau da.

Teimlodd gysgod drosti. Cododd ei golygon i wynebu'r un oedd wedi bod yn y dŵr gyda Gel. Roedd hi'n barod i'w rhoi hi iddo. Yna, cafodd sioc wrth weld mai Oli, y llanc du oedd yn gwthio'r ferfa ddeuddydd ynghynt, oedd yn sefyll o'i blaen. Roedd haul y bore'n sgleinio ar ei groen gwlyb.

"Hei, sut wyt ti'n esbonio hyn? Ti sydd wedi dwyn fy nghi i!

Wyddost ti faint o boen meddwl ti wedi'i roi i'n tŷ ni? Cywilydd arnat ti!"

"Y ...y ... wyddwn i ddim mai dy gi di oedd o. Ro'n i ar fy ffordd rŵan i ffonio swyddfa'r heddlu ..."

"O, oeddat debyg iawn! Mae golwg mynd i riportio ci coll arnat ti yn y trowsus nofio yna!"

"Wir i ti! Glywais i ti'n ei alw yn 'Gel'? Mae Gel yn hoff iawn o'r môr ..."

"Mae Gel yn casáu tonnau'r môr," mynnodd Alwen.

"Welaist ti o efo dy lygaid dy hun jest rŵan ..."

"Lle wnest ti'i ddwyn o?"

"Wnes i mo'i ddwyn o! Garddio oeddwn i bnawn ddoe ... Mae'n rhaid 'mod i wedi chwibanu wrth fy ngwaith i fyny yn y gerddi yn yr hen chwarel – yr Happy Valley ..."

"Fan'no oeddet ti!"

"Mi redodd ata i o rywle. Neidio o 'nghwmpas i fel ci o'i go, mor gyfeillgar ..."

"Fues i yn fan'no'n chwilio amdano ..."

"Roeddwn i wedi clywed Mam yn sôn am natur rhai cŵn ... os ydyn nhw'n hoffi'r chwibaniad yna ... eu bod nhw'n rhai da am nofio ... Aethon ni lawr i draeth Penmorfa yr ochr draw i'r dre'."

"Be wyt ti'n ei feddwl, 'dy fam'? Dydy hi 'rioed wedi cyfarfod Gel."

"... Na, ond mae hi'n hoff o gŵn ac yn deall cŵn. Roedd Gel wrth ei fodd yn y dŵr ..."

"A doeddet ti ddim yn meddwl y bydda rhywun yn chwilio amdano?"

"Mi es i â fo yn ôl i'r gerddi wedyn ... doedd o ddim eisiau gadael fy ochr i ... Mi holais yn y lle sgio, ond doedd neb yn nabod y ci yn fan'no ... fuon ni'n cerdded rownd a rownd am oriau, a doedd yna ddim byd ond ..."

"Ond wnest ti ei ddwyn o!"

"Na ...!"

"Do, dyna wnest ti, Oli. Rhyngot ti a'r plismyn rŵan. Tyrd, Gel."

Trodd Alwen ar ei sawdl. Roedd hi eisoes yn geirio'i neges i swyddfa'r heddlu yn ei phen.

Pennod 5

"Felly paid â mynd â Gel am dro heddiw, Dad. A dwi'n ei feddwl o!"

Roedd Alwen yn hwylio i fynd i'r gwaith ond roedd wedi gofalu bod ei chi wedi'i gau i mewn yn yr iard fach yng nghefn y tŷ.

"Cyn iti fynd, mae un peth wedi bod yn 'y mhoeni i," meddai'i thad.

"Ia?"

"Y llanc yn y môr efo Gel ..."

"Oli ydi'i enw fo."

"Iawn. Enw diarth. Ddaru o ddangos i ti sut wnaeth o chwibanu i gael y fath effaith ar y ci?"

"Naddo. Do'n i ddim eisiau gwbod chwaith. Dydw i ddim eisio'i weld o'n agos at Gel eto."

"Dwi ddim yn deud hynny. Ond mae yna rywbeth i'w ddysgu o wbod mwy, yn does? Mae yna ffasiwn beth â chwiban ci – chwiban ti'n ei rhoi yn dy geg a'i chwythu. Mae'r nodyn yn rhy uchel i bobl ei glywed ond mae cŵn yn gallu'i glywed yn iawn."

"Ddeudodd Oli ddim am hynny – chwibanu wrth weithio roedd o. Felly dwi'n cymryd mai efo'i wefusau roedd o'n chwibanu."

"Ia, rhyfedd iawn. Chlywais i neb yn chwibanu pan o'n i o gwmpas fan'no beth bynnag. Ond mi aeth Gel fel ergyd o wn i rywle."

"Ond dydi dy glyw di ddim yn dda iawn, yn nachdi, Dad? Rhwng injan y cwch pysgota a sŵn y winshis yna."

"Na, ac mae'n gas gan longwr glywed chwiban – arwydd drwg ar y môr. Ond mi fyddai'n dda clywed mwy am hyn. Roedd hi'n rhyfedd fod Gel yn hoff o ddŵr y môr mwya sydyn yng nghwmni'r llanc yna hefyd, yn doedd?"

"Wel, rhyngddo fo a'r plismyn rŵan."

"Wnaethon nhw dy ateb di?"

"Ges i decsd yn ôl. Isio mwy o fanylion am Oli. Ddwedais i wrthyn nhw am holi Sam Llanast."

"Lle mae'r llanc yma'n byw felly?"

"Dim syniad."

"Fydd Sam yn gwbod ei hanes o, mae'n siŵr."

"O, sôn am yr ynys, ddwedodd Nain rywbeth bora ddoe hefyd," meddai Alwen. "Dwi'n meddwl 'mod i wedi'i chamddeall hi am fod helynt Gel yn pwyso arna i."

"Be ddwedodd hi felly?"

"Soniodd hi am y meini – ac mi wnes i feddwl yn syth am feini'r Steddfod yn y Fach."

"Ia ... a ...?"

"Ond cyn hynny, mi ddwedodd rywbeth tebyg i 'Ti angen mynd i chwilio am y tir comin ...' A meddwl wnes i jest rŵan, tybed ai am y meini yn yr ynys yn y groesffordd roedd hi'n sôn?"

"Wel, dyna oedd dy sgwrs di efo hi pan welaist ti hi y diwrnod o'r blaen, yntê? Mae hi'n cymryd 'chydig bach o amser i gysidro petha' weithia'."

"Felly be oedd hi'n ei feddwl?"

"Chwilio am be ddwedaist ti? 'Y tir comin'? Wel, dyna oedd Llandudno unwaith. Cyn codi'r gwestai a chreu'r strydoedd crand yna ar y gwaelodion, tir pori i anifeiliaid oedd y cyfan. A phentra bach o fythynnod. Morfa Isaf oedd yr hen enw. Tir comin oedd o – tir go wael ac roedd gan bawb hawl i fynd yno i hel coed tân a throi'u hanifeiliaid i bori yno, a chodi tyweirch mawn o'r corsydd a gwellt a hesg yn douau i'w tai ac ati."

"Dyna ydi tir comin?"

"Ia. Ond yn yr hen amser fydda hynny, siŵr iawn."

"Fasa Nain yn cofio hynny?"

"Ew, na fasa! Tydi hi ddim mor hen â hynny. Ond mae hi wedi clywed hen straeon y teulu, debyg. Roedd ein pobl ni yn byw yma yr adeg hynny."

"Faint yn ôl?"

"Wn i ddim. Hen daid dy nain, falla."

"Hwnnw oedd yn berchen yr ast ddefaid goch?"

"Dos am dro at Nain i'w holi hi'n iawn."

Mae Dad yn trio'n galed i ddod yn ôl ar delerau da efo fi am ei fod yn teimlo'n euog am golli Gel, meddyliodd Alwen.

* * *

Ddiwedd y prynhawn hwnnw, pan gafodd Alwen ei rhyddhau o'r siop tships aeth ar ei hunion i fyny'r ffyrdd serth am Stryd Cwlach.

"Be oeddach chi'n ei feddwl 'mod i 'angen mynd i chwilio am y tir comin', Nain?"

"Hwnnw oedd y tir gafodd ei ddwyn oddi arnon ni yn y plwy yma, yntê'r hen hogan."

"Dwi'n gwbod dim am hynny, Nain. Oes 'na fwy? Ydy Taid o gwmpas?"

“Na, mae o wedi mynd i ... Wel, mae’n siŵr y bydd yn ei ôl cyn hir. Sut dywydd ydy hi, dywed?”

“Braf iawn heddiw, Nain, fel mae hi wedi bod ers dyddia’. ’Dan ni’n lwcus, yn tydan? Ond deudwch fwy wrtha i am y tir comin yn yr ardal yma.”

“Gafodd y cwbwl eu cau, ti’n gweld ...”

“Be dach chi’n ei feddwl, ‘eu cau’, Nain?”

“Tir rhydd i’r werin, dyna oedd y tir comin – ond mi ddaeth y meistri tir i’w cau nhw ... Mae yma lyfr yn rhywle ...”

“Y meistri tir stad y Mostyns felly, ia, Nain?”

Cododd Elisa a dechrau chwilio ar hyd y silffoedd llyfrau wrth ymyl y teledu.

“Ydach chi eisio i mi chwilio drosoch chi, Nain?”

“Dyma fo’r llyfr! *Cau’r Tiroedd Comin*. Ddylai hwn’na fod yn un da iti.”

Edrychodd Alwen ar y teitl ar y clawr.

“*Cau’r Tiroedd Comin*? Be mae hynny’n ei olygu?”

“Wel, eu troi nhw’n gaeau, debyg. Cau tir agored a chodi cloddia’ a walia’. Eistedda ar y gadair yna a rho dy drwyn yn hwn am ’chydig.”

Darllenodd Alwen y frawddeg gyntaf fwy nag unwaith: “Y mae’n hen ddywediad ymhlith y werin yng Nghymru fod y mawrion wedi dwyn y tir oddi ar y bobl, yn enwedig y tiroedd comin.”

Beth oedd yr hanes yma? Felly nid dim ond codi waliau a chloddiau oedd ystyr ‘cau’r tiroedd comin’? Roedd yn golygu ‘dwyn y tir’ yn ogystal, yn ôl y llyfr yma. Ar ddiwedd y paragraff cyntaf roedd y pennill yma:

"Carchar a chosb i'r dyn cyffredin
Am ddwyn yr ŵydd oddi ar y comin;
Ond parch a geir, ac uchel swydd,
Am ddwyn y comin oddi ar yr ŵydd."

Mae hyn yn chwalu fy mhen i, meddyliodd Alwen. Cosb i rai am ddwyn rhywbeth oddi ar y comin, ond braint ac anrhydedd i'r rheiny sy'n dwyn y comin oddi ar y bobl gyffredin a'u creaduriaid. Ydy peth fel hyn yn bosib – bod un gyfraith i'r cyfoethogion a chyfraith arall i'r werin bobl?

Cyn iddi fynd llawer pellach, daeth ei thaid drwy'r drws.

"Ddoist ti â llefrith imi o'r siop i ni gael te?" gofynnodd Elisa iddo.

"Mynd am dro at yr hen gromlech wnes i, Elisa. A beth bynnag mae 'na ddigon yn y ffrij."

"Sut dywydd ydy hi, Arthur?"

"Braf, fel mae hi ..."

"O da iawn. Well na'r glaw yna gawson ni bora 'ma, yn tydi?"

Wedi te, cafodd Alwen fenthyg y llyfr er mwyn iddi gael amser i'w ddarllen yn iawn.

Ar y ffordd adref o Stryd Cwlach, synnodd hithau ei bod yn cofio'n fyw iawn rannau o'r hyn roedd newydd ei ddarllen.

* * *

"Na, dydi o ddim yn gweithio i mi."

"Ond roedd o'n gwthio dy ferfa di ar yr ynys y dydd o'r blaen."

"Is-gontractor ydi o. Cael 'i alw i wneud jobsys yma ac acw fel bo'r angen."

Roedd P.C. David Wynn o swyddfa heddlu'r dref wrthi'n holi Sam Llanast wrth iddo agor tyllau mawr i ailblannu'r coed palmwydd yng ngerddi'r Fach. Ceisio cael gafael ar Oli roedd yr heddwas, gan fod Alwen wedi bod yn cwyno amdano.

"A dwyt ti ddim ei angen o heddiw?"

"Na – gwaith trwm i'r Jac ac i ddau o arddwyr y cyngor ydi hwn."

"Sut fath o waith mae o'n 'i wneud i ti?"

"Labro pan fydd angen. Tacluso, cario. Peintio ffens unwaith. Mond rhyw un neu ddwy joban yr wythnos."

"Ydi o'n talu stamp inshwrans?"

"Ei fusnes o ydi hynny – hogyn ifanc ydi o a falla nad ydi o'n ennill digon i fod angen gwneud hynny."

"Sut byddi di'n cysylltu efo fo pan fyddi di angen 'i help o ar ryw joban? Be ydi'i gyfeiriad o?"

"Nid un o ffor'ma ydi o. O Fanceinion ..."

"Manchester! Ti'n mynd yn bell iawn i gael 'chydig o help?"

"Maen nhw yma dros yr haf ..."

"Oes 'na fwy nag un ohonyn nhw?"

"Efo brawd ei dad mae o, Fernand Jaffar. Mae hwnnw o Fanceinion hefyd, 'blaw ei fod wedi cael contract yn edrych ar ôl bwth ar y pier dros yr haf ..."

"Du ydi hwnnw hefyd?"

"Oes 'na rywbeth o'i le ar hynny?"

"Oes 'na neb lleol fedar wneud y gwaith i ti?"

"Mae o'n un da ei law ac mae o'n cadw at ei air os ydi o'n deud y daw o i helpu."

"A sut gei di afael arno fo?"

"Byncs yng nghefn y bwth ar y pier sydd ganddyn nhw. Oli a'i ewythr. Fawr o le ond dydyn nhw ddim yn cwyno."

"Pa fwth ydi o? Mae 'na bob math o lanast yn y cabana' yna. Gwerthu rhyw fwyd sy'n drewi, mae'n siŵr?"

"Bwth y pypeda'. Bob math o degana', a hefyd rhai petha' mae o'n ei wneud 'i hun."

"Delwau fwdw a rhyw betha' felly, mae'n siŵr?"

"Mae o i'w weld yn boblogaidd efo'r plant."

"A lle mae'r Oli 'ma – neu 'Olivier', dylwn i ei alw – heddiw?"

"Dim syniad."

"Pryd welaist ti o ddwytha?"

"Pnawn Llun, pan oeddan ni'n gorffen clirio'r ynys."

"Ydi o'n dwyn cŵn a'u gwerthu nhw yn Manchester yna?"

Edrychodd Sam Llanast i fyw llygaid y plismon a throi i ddringo'n ôl i gaban ei Jac Codi Baw.

"Dyna i gyd, ia?" meddai wrth y plismon cyn cau'r drws ac aildanio'r injan.

Pennod 6

Chwarter awr yn ddiweddarach, roedd P.C. David Wynn yn cerdded ar hyd y pier. Pasiodd y bwth india-roc, y bwth hufen iâ a'r bwth bwced a rhaw glan môr. Gwelodd mai'r bwth coch gyda llond ei ffenestri o dedi bêrs pinc a deinosors meddal oedd yr un roedd o ei angen.

Y tu allan i'r drws roedd boncyff mawr wedi'i gerfio i edrych fel coeden balmwydd. Ar ei ben roedd dail palmwydd wedi'u naddu o bren a'u ffitio i'r boncyff i greu cysgod uwch y drws.

Roedd teulu i mewn yn y bwth eisoes a doedd dim lle iddo fynd i mewn nes bod y gŵr tal, du yn ei grys-T melyn wedi gorffen efo nhw.

"Wanna this, Mummy," meddai merch fach mewn llais wylofus. "Mummy, wanna this."

Bwch gafr oedd wedi mynd â sylw'r fechan.

"No, Jasmine, that's too ugly. Go and pick a nice fairy!"

"But Mummy, wanna this!"

"Can we go on the donkeys now, Mummy?" Bachgen rhyw flwyddyn yn hŷn ddywedodd hynny.

"You can 'ave a donkey ride or a cuddly toy, Benjie. That's what I said. You'll have to wait for your donkey while Jasmine here has her cuddly toy."

"Wanna this, Mummy. Mummy, wanna this." Roedd Jasmine wedi cydio mewn teigr mawr erbyn hyn.

Estynnodd Fernand Jaffar am y bwch gafr oedd bellach

wedi'i ollwng ar lawr a'i roi yn ôl ar y silff yn amyneddgar.

Taflodd y fam gip a gweld y plismon y tu allan i ddrws y bwth.

"We'll come back tomorrow to get what you want, darling. We'd better go to the beach now." Aeth y tri allan i sŵn udo crio'r fechan.

Wedi cael bwth gwag ac ar ôl i Fernand orffen tacluso'i deganau, tynnodd P.C. David Wynn ei helmed a chamodd i mewn, gan geisio sefyll yno mor urddasol ag oedd yn bosibl iddo yng nghanol y fflwff a'r rhubanau. Edrychodd ar y silffoedd. Cododd eliffant llwyd ac edrych ar y label o dan ei fol cyn ei roi yn ôl ar y silff.

"Popeth yn iawn, offiser?" gofynnodd Fernand Jaffar.

"O Manchester, ydw i'n iawn?"

"Ym, ia. Dyna fo."

"Pasbort?"

Nid atebodd Fernand. Plygodd o dan y cownter a chodi sgrepan fechan. Agorodd strap ac wedi chwilota am ychydig, estynnodd basbort coch i'r plismon.

Agorodd hwnnw'r llyfryn a chanfod tudalen y llun personol. Craffodd ar y llun; craffodd ar wyneb y siopwr ac yna craffu ar y llun drachefn.

"British Citizen, felly?"

"Dyna chi."

Edrychodd yr heddwas dros ysgwydd y siopwr.

"Ga' i olwg yn y stafell gefn?"

"Dim problem."

Edrychodd P.C. David Wynn yn hir ar y bowlen ddŵr ar lawr a'r gwely byncs. Wrth droed y gwely roedd stof nwy fechan.

"Y lle yma'n leisansd ar gyfer *domestic use*, ydi o?"

"Mae'n iawn dros yr haf."

"Lle i ddau gysgu. Lle mae Olivier?"

Trodd y siopwr ei ben yn siarp wrth glywed enw'i nai yn cael ei daflu ato mor ddiseremoni.

"Oes 'na broblem, offiser? Oes 'na rywbeth wedi digwydd iddo fo?"

"Ateb fy nghwestiwn i."

"Mae o'n peintio'r cefn i mi heddiw."

"Ffordd yma?" Pwyntiodd y plismon at y drws yng nghefn y llofft fechan.

Nodiodd y siopwr.

Camodd y plismon at y drws, ei agor yn sydyn a sefyll yng nghefn y bwth. Gwelodd lanc ar stôl yn peintio coed y bwth gyda phaent coch tywyll. Trodd Olivier i edrych ar yr heddwas a gostwng ei lygaid i edrych ar lawr. Gostyngodd y llaw oedd yn dal y brws paent yn raddol.

"Enw?"

"Olivier Jaffar." Doedd dim llawer o hyder yn ateb y llanc.

"Mae o'n deulu," ychwanegodd y siopwr. "Mae o'n nai i mi. Ei dad o a finnau'n ddau frawd."

"Pwy sy'n deud?" Edrychodd P.C. David Wynn ar y môr a'r gorwel fel pe bai'n ceisio asesu pa mor hawdd oedd hi i smyglo pobl yn anghyfreithlon i bier Llandudno.

Roedd sgrepan Olivier yn llaw Fernand o hyd. Chwalodd ynddi drachefn a chynnig pasbort arall i'r heddwas.

Aeth hwnnw drwy'r drefn o graffu ac ail graffu.

"Geni yn Mauritius?"

"Mmm," atebodd Olivier.

"Dim gwaith peintio i ti yn fan'na 'ta?"

"Gawson ni hawl i ddod i Brydain llynedd," atebodd Fernand ar ei ran.

Plygodd yr heddwas gerdyn clawr y pasbort fel petai'n amau mai un ffug oedd hwnnw. Yna fe'i rhoddodd yn ôl i'r ewythr.

"Y ci oedd yn aros yma neithiwr?" holodd P.C. Wynn wedyn gan gamu'n ôl i'r llofft a phwyntio at y bowlen ddŵr.

"Ci ar goll oedd o. Ond ddaeth hi i'w nôl o bora 'ma."

"Pam na fasach chi wedi'i riportio fo?"

Hanner cododd y llanc ei ysgwyddau. "Ro'n i ar fy ffordd pan ..."

"Eisio cadw'n glir o'r cop shop, hwyrach?"

Gwnaeth Olivier yr un ystum eto.

"Oes gen ti rywbeth i'w guddio?"

"Na ..."

Gwelodd Fernand fod teulu arall o gwsmeriaid posib wedi dod i mewn i'r bwth. Wrth iddyn nhw weld y ddau ohonyn nhw'n cael eu holi gan blismon, trodd y cwpl ar eu sodlau a diflannu.

"Dim byd i'w guddio, felly?"

"Na ..."

"Lot o ddrygs yn Manchester, yn does?"

Cododd Olivier ei ben yn sydyn wrth glywed y trywydd newydd.

"Glywaist ti fi? Lot o ddrygs yn Manchester, toes?"

"Mae'n siŵr ..."

"Wel, gneud yn siŵr eu bod nhw'n aros yn Manchester fasa ora, yntê?"

"Yy ... ia."

"Pwy ydi dy ffrindia di yma yn Llandudno?"

"E? Dwi'm yn nabod neb."

"Lle'r ei di gyda'r nos am bach o hwyl?"

"Yma i weithio rydw i."

"Mae Olivier yn weithiwr caled. Gwneud od-jobs i hwn a'r llall drwy'r dydd ac yn hwyr y nos ..."

"Ond efo digon o amser i chwarae efo ci sydd ddim yn eiddo iddo fo hefyd?"

"Wel ..."

"Reit, allan i'r ffrynt a dwylo ar wal y bwth."

Gwyddai Olivier yn iawn beth oedd i ddod. Cododd ei ddwylo a'i freichiau uwch ei ben a'u rhoi yn erbyn planciau uchaf y bwth, a lledodd ei goesau. Daliodd i syllu ar lawr y pier drwy'r adeg y bu'r plismon yn chwilota ar hyd ei gorff ac yn ei bocedi am gyllell neu ddeunydd anghyfreithlon o unrhyw fath.

Wedi ymchwil trylwyr a maith, roedd y plismon wedi'i fodloni, er ei fod, efallai, ychydig yn siomedig. Roedd tyrfa wedi arafu'u cam ac yn syllu ar yr olygfa bellach.

"'Nôl â chi i mewn i'r bwth tra mod i'n gwneud galwad ffôn."

Ufuddhaodd y ddau a gwelsant yr heddwas yn cerdded draw at ganllaw'r pier gyda'i ffôn wrth ei glust a phasbort agored Olivier yn ei law arall.

"Tshiecio os oes gen ti record mae o," meddai Fernand.

"Does gen i yr un," atebodd Olivier yn bendant. "Mi wn i 'u bod nhw'n torri'u boliau eisiau ein gyrru ni 'nôl fel mae hi, heb i mi wneud rhywbeth gwirion."

"Ti'n iawn. Dim ond esgus ydi'r ci. Does ganddo fo ddim pwt o ddiddordeb yn hwnnw."

Ymhen rhai munudau, rhoddodd yr heddwas ei ffôn yn ôl yn ei boced a daeth yn ei ôl i mewn i'r bwth. Taflodd y pasbort ar y cownter. Mesurodd y llanc o'i gorun i'w draed gyda'i lygaid.

"'Rioed wedi cael dy arestio? Mae honno'n un newydd. Reit, cadwa dy ddwylo'n lân neu mi fydda i ar dy ôl di fel mellten."

Camodd allan o'r bwth, gosod ei helmed yn daclus ar ei ben unwaith eto a'i chychwyn hi'n gefnsyth at y prom.

* * *

"Felly dyma ni, pwyllgor bychan archaeoleg Llandudno yn cyfarfod yn stafell bwyllgor y Westminster Hotel gyda fi, Robert Mostyn Lloyd, yn cadeirio," meddai Robert Mostyn Lloyd.

"A finnau, William Mostyn Hughes, yn gwarchod cyfraith a threfn," meddai William Mostyn Hughes.

"Diolch i chi o'r Cyngor am ddod draw yma i'n gwesty bach braf ni," meddai Robert gan nodio at Ylwch-chi-fi oedd yn dal llond bocs o ffeiliau ar ei lin. "Gymaint brafiach edrych ar yr olygfa yma drwy ffenest y bae na swyddfa fach dinji yn y dref yn edrych ar faes parcio'r cyngor, yn tydi?"

"A diolch i Sylwen, yr archaeolegydd lleol am droi fewn. Hip hip hwrê i Sylwen? Na?"

"Ond pennaf ddiolch i'r un sydd wedi teithio bellaf i fod yma gyda ni, sef yr Archaeolegydd Ymchwil mwyaf gwybodus yn holl golegau Rhydychen, Leonard Atkinson Green, Esquire, ei hun sydd wedi treulio wn i ddim faint o oriau o'i fywyd yn dod ar drên heb *cappuccino* bob cam o Athen Lloegr i'r dref fach hyfryd hon ar lan y môr."

"Ac wedi gwneud arolwg trylwyr o'r safle dan sylw ..."

"Sef y llwyth o gerrig calch ar waelod rowndabowt ..."

"Ac sy'n mynd i rannu ffrwyth gwerthfawr a thoreithiog ei archwiliad gyda ni yn awr ..."

"Felly heb oedi mwyach, gawn ni arweiniad ynglŷn â'r ffordd ymlaen, er mwyn inni gael mynd ymlaen efo'r ffordd ..."

"Am funud bach, hogia." Oedodd y ddau gefnder â'u cegau'n agored am hanner eiliad, gan droi eu pennau at Sylwen Huws, yn methu credu bod neb wedi meiddio torri ar draws corwynt eu geiriau.

"Efallai'n wir fod Mr Green yn enw mawr yn Rhydychen ond tydi o'n neb yn Llandudno. Dydi'i farn o ddim gwerth taten ar y mater yma."

"A!" meddai Robert, yn ailfeddiannu'r llwyfan ar ôl yr ymdrech honno i dynnu'r gwynt o hwyliau'r ddau gefnder. "Tipyn bach o sensitifrwydd oherwydd bod yr archaeolegwr lleol yn fenyw, efallai? Dealladwy, dealladwy – ond mi allaf sicrhau'r cwmni nad oes unrhyw ragfarn na diffyg parch at y ffaith mai dynes yn gwneud gwaith dyn yw Miss Sylwen Huws ..."

"Gan ei fod wedi dod yr holl ffordd ac wedi gwneud ymdrech arbennig i ddod at galon y mater mewn cyn lleied o amser, gystal i ni i gyd wrando ar Leonard Green, Esquire?" meddai William.

"Wedi gwneud arolwg manwl o'r cerrig, fe fedraf ddweud heb betruster mai cerrig wedi'u naddu'n ryff gan ryw werinwyr gyda morthwylion a chynion mwy addas at dyllu am gopr yn y meins ac nid i greu meini gorffenedig i adeiladu ydyn nhw. Cerrig garw, y math sydd i'w gweld mewn cannoedd o ffermydd a thai gwledig drwy Gymru. Dim byd gwerth eu cadw felly, a fy marn broffesiynol i ydi concritiwch dros y cyfan ac ymlaen gyda'r gwaith."

"Dyna ni. Y geiniog wedi disgyn, felly?" meddai Robert wrth Ylwch-chi-fi.

"Dim o'r fath beth," torrodd Sylwen ar ei draws. "Safle dan warchodaeth ydi hwn. Fydd dim yn digwydd heb fynd drwy'r sianelau priodol yn ôl gofynion Senedd Cymru. Dydd da i chi, ddynion."

Cododd wedyn a gadael y stafell, gan adael pwyllgor distaw iawn o'i hôl.

Pennod 7

Pleser annisgwyl i Morfudd Owen oedd gweld bod y bwrdd brecwast wedi'i hwylio'n barod iddi cyn iddi godi y bore hwnnw.

"Te 'ta coffi fyddi di'n ei gael i frecwast, Mam?" gofynnodd Alwen wrth bwyso botwm y tecell iddo ddod yn ôl i'r berw.

"Coffi ben bora – tan hanner dydd. Te efo 'nghinio ac am weddill y dydd."

Tywalltodd Alwen y dŵr berwedig ar y powdwr coffi ym mwg ei mam.

"Ew, dyma be ydi steil! Teimlo 'mod i ar fy ngwylia'. Be wnaeth iti godi mor gynnar, Alwen?"

"Petha' i'w gwneud."

"Ti wedi rhoi bwyd i'r ci?"

"Do, ac wedi bod â fo am dro."

"W! Ti yn brysur!"

"Mam." Eisteddodd Alwen gyferbyn â hi wrth y bwrdd bach yn y gegin gefn. "Sut fod Nain Cwlach yn medru cofio am yr hen dir comin ac anghofio sut dywydd oedd hi ddoe?"

Estynnodd Morfudd ei braich a gafael yn llaw Alwen ar draws y bwrdd.

"Mynd yn hen mae dy nain, Alwen. Mae'i meddwl hi'n newid gêr. Dydi hi ddim yn gorfod meddwl am gadw tŷ a magu teulu a mynd i'w gwaith yn y caffi fel y gwnâi hi ers talwm. Wedyn bydd ei meddwl hi'n crwydro. Mae hi'n cofio dros saith deg o flynyddoedd – mae hynny yn gyfnod ofnadwy o hir. Wedyn mae ddoe a heddiw – maen nhw'n toddi'n un iddi hi."

"Ond weithia', mae'n cofio rhywbeth o'r hen, hen ddyddia' fel petai o newydd ddigwydd," meddai Alwen.

"Cofio rhywbeth mae hi'n meddwl ei bod hi wedi'i anghofio mae hi."

"Dyna sut mae hi efo'r tir comin yma ..."

"Roeddwn i'n meddwl mai dod at hynny roeddet ti, Alwen. Mae dy nain yn un o bobl brin y dre' yma, cofia. Mae hi'n perthyn i hen, hen deulu oedd yma cyn y gwestai ar y prom, cyn y pier, cyn y tai crand a'r strydoedd sgwâr a'r siopau posh. Does yna ddim llawar o'r hen deuluoedd hyd y lle yma rŵan. Pysgotwrs a meinars yn hen waith copr y Gogarth oedd pobl dy nain."

"A ffermio geifr, ia!"

"Na, doedd yna ddim geifr ar y Gogarth yn yr hen ddyddia'. Y Mostyn yna ollyngodd y rheiny'n rhydd pan aethon nhw'n ormod o broblem iddo fo a'i arddwyr ar ôl iddo fo eu cael nhw'n anrheg i'w bridio ar dir Gloddaeth, ei blasty mawr yr ochr draw i'r dre'. Eu hel nhw at dyddynwyr y mynydd wnaeth o, a'u gadael nhw yno'n broblem i bobl eraill."

"Wel, am hunanol!" meddai Alwen.

"Yn hollol! Nain ddeudodd hynny wrthat ti, mae'n siŵr, er i'r cyfan ddigwydd yn Oes Victoria. Gan y Shah o Persia y daethon nhw – dydyn nhw ddim yn perthyn i'r ardal yma go iawn."

"Ydi Nain yn cofio Victoria 'ta!"

"Nac ydi, siŵr! Yn 1930 gafodd hi ei geni – ond mi fasa ei mam a'i thad yn cofio cyfnod yr hen gwîn, ac yn cofio straeon eu mama' a'u tada' nhwytha am yr hen ddyddia'. Ac mi glywodd Nain y straeon – droeon, mae'n siŵr – ac felly rhwng y cenedlaetha' yna i gyd, mae gan dy nain drysorfa o straeon sy'n mynd yn ôl dros gant a hanner o flynyddoedd yn hawdd."

"Brensiach, Mam – wnes i 'rioed feddwl amdani fel hyn o'r blaen."

"Ond cofia ..." oedodd Morfudd am hanner eiliad.

"Be, Mam?"

"Mae hitha'n dal i hoffi clywed straeon yn ogystal â'u deud nhw. Mae hynny'n hollol wir amdanon ni o'r crud i'r bedd. Siarad di efo babi bach 'chydig o fisoedd oed, ac mi wnaiff wrando arnat ti, er nad ydi o'n deall geiria' bryd hynny. Ac wedyn, mi wnaiff y babi wneud llond ceg o sŵn a thasgu'i freichia' ac mi fydd ei lygaid yn tanio. Deud straeon y bydd o. Ac mae Nain yr un fath. Mae dal eisio rhannu straeon efo hi os wyt ti eisio iddi hi rannu hanesion efo titha'."

Llyncodd Alwen weddill ei choffi a chodi ar ei thraed.

"Reit."

"Lle wyt ti'n mynd?" holodd ei mam. "Rhy gynnar iti fynd i'r siop, tydi?"

"Gen i stori dda i'w deud wrth Nain. Rhywbeth welais i yn yr hen bapur newydd yn y llyfrgell. A dwi'n mynd yn ôl i'r llyfrgell ar ôl gwaith heddiw – paid â gwneud swper yn rhy gynnar."

Diflannodd drwy'r drws.

Ia, meddyliodd Morfudd Owen. Hen bapur newydd – mae hynny'n dweud y cyfan.

Wrth gerdded am yr Hen Ffordd sylwodd Alwen fod Olivier yn dringo i'w chyfeiriad.

Trodd a'i gwadnu hi'n ôl am Allt Tabor a Ffordd Tŷ Gwyn. Dipyn o rowndan – ond teimlai'n well o wneud hynny.

* * *

"Nain?"

"Ia, Meira?"

"Na, Alwen ydw i, Nain."

"Y ddwy ohonoch chi mor debyg. Y ddwy ohonoch chi'n dda iawn am alw heibio i 'ngweld i hefyd."

"Newydd gofio am stori arall ddarllenais i yn y *Llandudno Advertiser* yn y llyfrgell y diwrnod o'r blaen."

"Yn y be, 'mach i?"

"Yn y papur newydd yn y llyfrgell ..."

"O, yr *Advertiser*? Roeddan ni'n arfer cael hwnnw ... dwi'n siŵr fod yna gopi yn rhywle ..."

"Edrych mewn hen, hen gopi oeddwn i, Nain. Mae'r adroddiada' llys yn ddifyr iawn ..."

"O, pwy sydd o flaen ei well y tro 'ma?"

"Nid rŵan, Nain. Yn yr hen ddyddia. Yn 1896, yntê, roedd yna adroddiad am achos llys yn y papur. Roedd pedwar o ddynion – Williamsus a Jonesus i gyd, Cymry lleol, mae'n rhaid – yn cael eu cyhuddo o fod yn feddw yn nhafarn y Ship yn Llandrillo-yn-Rhos."

"Dwi'n gwbod lle mae honno. Tithau hefyd, yn dwyt? Gyferbyn â'r eglwys."

"Ia, wel, roedd rhyw Gwnstabl Jones yn cyflwyno adroddiad i'r llys ac yn deud fod y barmêd wedi rhoi rhybudd eu bod nhw i adael ar ôl iddyn nhw orffen y peintia' oedd o'u blaena' ac ar ôl iddyn nhw orffen y gân roeddan nhw'n ei chanu ..."

"Mae hynny'n ddigri, tydi? Cymry, 'de!"

“Wedyn roedd yna foi lleol arall jest yn y dafarn. Peintiwr oedd o. William Hughes. Ac roedd rhywun yn ei holi yn y llys yn gofyn iddo fo allai o dystio a oedd un o’r pedwar yn feddw neu beidio. Ac ateb yr William Hughes yma oedd, wel, nad oedd hwn yn feddw ond ei fod o dan ddylanwad. A’r llys eisio gwbod wedyn sut ei fod o’n gwbod ei fod o dan ddylanwad. Ac ateb y peintiwr oedd hyn: ‘Wel, roedd o’n ateb Cwnstabl Jones yn Gymraeg!’ A phawb yn y llys yn chwerthin wedyn.”

“O, mae honna’n un dda, tydi? Ddim ond ar ôl yfed llwyth o gwrw y byddet ti’n siarad yn Gymraeg efo rhywun swyddogol! Dwi’n cofio petha’ fel’na yn iawn, wyddost ti.”

“Be, Nain – yfed llwyth o gwrw?”

“Na! Bod yn swil o siarad Cymraeg ... Ro’n i’n nabod teulu yr Huwsiaid oedd yn beintiwrs yn y dre’ ’ma.”

“Brensiach, oeddach chi Nain?”

“Tydi hynny ddim yn bell iawn yn ôl, cofia di.”

“Fues i’n darllen am y tir comin yna wedyn hefyd, Nain.”

“Pwllygwichiaid.”

“Be, Nain?”

Rhoddodd Arthur Owen ei big i mewn i’r sgwrs.

“Aethon ni i lawr i’r dre neithiwr i weld yr ynys – dyna sydd ganddi hi.”

“Be dach chi’n feddwl?”

“Pwllygwichiaid,” meddai Elisa Owen unwaith eto. “Lle mae’r ynys yna roedd fferm Pwllygwichiaid yn yr hen ddyddia’, meddan nhw. Roedd y tir comin yn cyrraedd at fan’no, yn doedd? Roedd hen dŷ ein teulu ni ar y Morfa yr ochr arall i’r clawdd.”

Edrychodd yn siarp ar ei gŵr wrth ddweud hynny, gan

awgrymu y dylai yntau wybod y ffeithiau hyn ar flaenau'i fysedd.

"Paid ag edrych arna i fel'na, Elisa! Hogyn o Gonwy ydw i, cofia."

"Pryd oedd hyn 'ta, Nain? Os nad ydy Taid yn cofio ..."

"O, hen hogyn ifanc ydi hwn, siŵr. Be mae o'n ei wbod, yntê ..."

Gwenodd Arthur yn dawel gan rannu'r jôc gydag ef ei hun wrth eistedd yn ôl yn ei gadair.

"Tŷ ein teulu ni ar y Morfa yr ochr draw i'r clawdd, ddwedsoch chi, Nain?"

"Ia, Simnai Gerrig."

Yn sydyn, sylweddolodd Alwen faint o'r gloch oedd hi. Cododd.

"Rhaid i mi fynd am y siop tships. Dach chi'n galw yno amser cinio dydd Sadwrn fel arfer?"

"Siŵr o wneud, 'mechan i," meddai'i thaid. "Paid â slafio'n rhy galed iddyn nhw."

"Ddoist ti o hyd i'r Gel yna?" oedd cwestiwn olaf ei nain, wrth i Alwen gau'r drws ar ei hôl.

Pennod 8

Gyda chymorth Llinos James, cafodd Alwen hen gyfrol i'w dwylo: *Adgofion am Llandudno*.

"Mae hwn yn llyfr eithriadol o brin, Alwen," meddai'r llyfrgellydd ymchwil wrthi ddiwedd y prynhawn hwnnw. "Mae dros gant oed. Edrych ar y dyddiad ar yr wynebddalen fan hyn: 1893. Hen feinar copr oedd yn byw yn yr hen bentra ar y Gogarth – ddim yn bell o ble mae dy dŷ di roedd Thomas Rowlands yn byw. Roedd o yn ei hen ddyddia' pan sgwennodd hwn, yn gweld yr angen i roi ei atgofion am yr hen bobl a'r hen ffordd o fyw cyn bod y dre' i ymwelwyr wedi cael ei chodi. Felly, ti'n gweld, Alwen, mae'n sôn am yr ardal yma fel roedd hi cyn 1850. Mynd am dro o stryd i stryd, o dŷ i dŷ mae o, yn arllwys ei gof i mewn i'r llyfr. Dyma enwau a straeon yr hen bobl oedd yn gwmni iddo fo yn ystod ei fywyd. Ac yn ôl yr hyn mae dy fam yn ei ddeud wrtha i, mae'r hen bobl yma'n perthyn i ti a dy nain hefyd."

I Alwen, aeth y ddwyawr nesaf fel y gwynt. Dechreuodd ddarllen, a darllenodd fwy a mwy, yn gyflymach a chyflymach. Doedd hi ddim yn medru troi'r tudalennau'n ddigon sydyn. Gwenai wrth ddarllen, a rhoi ei llaw dros ei cheg weithiau, wrth ddod ar draws hanesyn neu ychydig o ffeithiau oedd yn ei brawychu. Agorai ei llygaid yn fawr, fawr. Bron nad oedd hi'n anghofio anadlu weithiau. Roedd y llyfr wedi'i llyncu hi ac roedd hithau'n llyncu'r llyfr.

Darllenodd am y mwynwyr copr – y cannoedd o Gymry lleol, a rhai wedi dod drosodd o Amlwch i weithio'n ddwfn yng nghreigiau'r Gogarth. Darllenodd am y cyflog pitw a'r peryglon mawr. Roedd rhai o'r dynion yn cysgu mewn ogofâu yn y creigiau calch. Mae'r tyllau hynny i'w gweld o hyd, meddai'r llyfr. Aeth hi'n ffraeo rhwng gweithwyr a pherchnogion y gweithfeydd fwy nag unwaith. Roedd y cyfoeth yn llifo i bocedi'r bobl gyfoethog a'r gweithwyr tlawd heb dorth ar y bwrdd. Streiciau, cwffio ar y strydoedd – do, cafwyd hynny hefyd. I'r pant y rhed y dŵr oedd hi ...

Darllenodd wedyn am deulu'r Mostyn ...

Whiw! Pwysodd Alwen ar gefn ei chadair. Pentref o ffermwyr a physgotwyr, mwynwyr a chrefftwyr oedd yn cydweithio i gynnal ei gilydd oedd Morfa Isaf – ond cafodd y cyfan ei chwalu er mwyn creu tref i ymwelwyr.

Agorodd ei bag. Tynnodd bad papur ohono a'i chês beiros aballu. Dechreuodd sgwennu nodiadau'n wyllt ... Roedd y geiriau'n llifo ... Cofnododd enwau ... nifer y tai ... faint o bobl ... dyddiadau. Stwffiodd y papur yn ôl i'w bag, heb ei gau'n iawn. Doedd dim amser gan fod y llyfrgell ar fin cau. Cerddodd yn chwim o'r stafell ymchwil i lawr y grisiau. Cyrhaeddodd y drws mawr a'r pileri y tu allan iddo. Sylwodd fod ysgol yn pwyso ar ochr y piler ar y dde. Mae'n rhaid bod rhywun i fyny yna ar y porth yn gwneud rhyw waith.

Camodd i'r chwith i osgoi'r ysgol ... Yr eiliad honno, clywodd ochenaid wyllt uwch ei phen. Cododd ei phen i gael golwg ... A dyna pryd agorodd y nefoedd ac y llifodd cenlli o ddŵr ar ei gwallt, ei hwyneb, ei dillad haf ...

“Aa! Aaa!” sgrechiodd Alwen.

Yna, gwyrodd ei phen i edrych i mewn i’w bag ...

Roedd yn hanner ymwybodol fod rhywun yn rhuthro i lawr yr ysgol ac yn nesu ati ...

“O na, NA! Na, na, na ...” sgrechiodd Alwen. “Fy mhapura’ i ... fy nodiada’ i ... maen nhw’n wlyb diferol ...!”

“Ddrwg iawn, iawn ... Ddrwg calon gen i ... wir, mae mor ddrwg gen i ...”

Cododd Alwen ei phen i edrych i gyfeiriad y llais.

“Ti eto!” gwaeddodd yn ei wyneb.

Olivier oedd yno. Roedd yn ceisio ymddiheuro ac egluro yr un pryd ...

“Wir, ddrwg iawn, iawn ... glanhau’r ffenest uwch y porth oeddwn i ... mi drodd y bwced wrth i mi fystyn ... wir!”

Brasgamodd Alwen oddi yno gan adael ôl ei thraed yn wlyb ar y palmant wrth iddi ddiflannu i’r dorf.

* * *

“Helô, sut dach chi heddiw, Nain?”

“O, dda dy weld di, Alwen!”

“Na, Meira ei chwaer hi ydw i, Nain.”

“Ia siŵr! Paid â chymryd sylw ohona i ...”

Daeth Meira i mewn i’r cartref yn Stryd Cwlach ac wedi sgwrsio am ychydig, dyma hi’n dweud,

“Mae Alwen wedi cael rhyw chwilen yn ei phen am hen hanes y teulu ac am y dre’ yma, yn tydi, Nain? Mi roedd hi wedi bod yn y llyfrgell ddoe, ac wedyn mae ganddi’r hen gast yma o siarad efo fi ben bora cyn i mi ddeffro yn iawn ...”

“O, Meira druan! Does ’na ddim yn waeth na chael dy orfodi i siarad cyn dy fod ti wedi deffro, yn nag oes?”

“Beth bynnag, mi fu’n rhaid i mi ddeud wrthi y bora ’ma: ‘Argoledig, Alwen! Dyro’r gorau i’r fflipin siarad yma! Ti fel pwll y môr!’ Do’n i ddim wedi deffro’n iawn, Nain!”

“Da iawn ti, Meira – mae eisiau siarad heb flewyn ar dy dafod weithia’!”

“Beth bynnag, wn i sut y bydd hi. Mi ddaw adre’n berwi am y pethau yma ac mi fydda i yn y niwl os nad ydw i’n gwbod ’chydig mwy am y cefndir. Dyna pam dwi yma, Nain.”

“O, hanes pwy sydd gen ti eisio ’ta?”

“Roedd hi’n mwydro am siopa’ a chrefftwyr yr hen bentra oedd yma cyn adeiladu tre’ fawr Llandudno. Roedd yna ryw ddynas gneud bara ...?”

“Marged Jones, Tŷ Popty fyddai honno. Mi fydda hi’n crasu bara i’r ardal gyfan. Hen wraig fechan oedd hi, meddai fy mam i, ar ôl ei nain, ond yn dal i weithio nes bod esgyrn ei dwylo hi’n wyn. Mi godai’n gynnar i gymysgu coesau llwyni eithin, rhedyn a broc môr i greu coelcerth fawr o dân mewn popty mawr hen ffasiwn oedd yn medru crasu deuddeg torth ar y tro. Yna, yn ôl Mam eto, am un ar ddeg o’r gloch bob bore, bydda hi’n sefyll wrth y wal o flaen Tŷ Popty ac yn codi clamp o gragen fôr at ei gwefusau. Mi chwythai drwy honno nes bod nodyn hir ac uchel yn diasbedain dros y Gogarth fel Corn Gwlad mewn eisteddfod. Dyna’r arwydd fod y popty’n ddigon poeth, yn barod i dderbyn y toes gan wragedd y plwy. Wedyn mi fydda rheiny yn dod heb lol o bob bwthyn a thyddyn at y popty i grasu bara cartre. Roedd Mam yn deud fod blas arallfydol ar bob brechdan.”

“Honna oedd hi, mae’n siŵr,” meddai Meira. “Rhwng cwsg

ac effro ro'n i'n clywed y petha' yma. Stori am ddyn yn dwyn defaid wedyn?"

"William Jones fydda hwnnw," meddai Elisa Owen heb oedi dim. "Roedd Taid yn deud hanes hwnnw'n dwyn dafad ar y mynydd yn 1820. Wrth iddo gario'r ddafad ar draws ei ysgwydda', mi ddaeth y cwnstabl lleol – Owen Owens – ar ei draws. Ond mi redodd William i ffwrdd cyn i'r cwnstabl gael ei ddwylo arno fo. Mae'n rhaid ei fod yn eithriadol o gryf a chyflym oherwydd mi lwyddodd i gario'r ddafad i fyny'r llethr ac yna'i llusgo i berfedd rhyw ogof. Mi glymodd ei thraed gyda'r bwriad o ddod i'w nôl ar ôl iddi dywyllu. Ond anlwc William Jones oedd bod yr ogof a'r ddafad wedi cael eu canfod. Mi ddisgwyliodd y cwnstabliaid amdano a'i wylio'n codi'r ddafad ar draws ei ysgwydda'. Ond, unwaith eto, llwyddodd William Jones i ddianc gyda'r ddafad.

"Diwedd y stori, beth bynnag, oedd i'r lleidr gael ei ddal wedi hynny yn nhre' Conwy ac yna'i gyhuddo yn Llys y Goron Caernarfon. Crogi oedd dedfryd y llys ond cafodd hynny ei newid i drawsgludo wedyn – a llong garchar i Awstralia oedd tynged William Jones. Adeg dlawd, weli di, Meira. Pobl yn cael eu gorfodi i wneud petha' eithafol er mwyn cael bwyd i'r teulu."

"Dwi'n cofio rhywbeth arall mae Alwen wedi bod yn ei ddyfynnu hefyd: 'Carchar a chosb i'r dyn cyffredin'," meddai Meira. "Mae hwnna reit addas i'r stori yna, yn tydi, Nain?"

"O ydi, 'mach i. Byd garw oedd yma, cofia di hynny. Smyglo, hyd yn oed! Llongau'n cario nwyddau rhad o Ddulyn ac Ynys Manaw, a smyglwyr y Gogarth yn mynd allan yn eu cychod pysgota heibio'r trwyn i'w cyfarfod ac yn cario a chuddio'r nwyddau mewn ogofâu nad oedd modd eu cyrraedd dim ond drwy rwyfo atyn nhw efo cychod. Mi aeth hi'n dân gwyllt fwy nag unwaith wrth i longau swyddogion y tollau o Gonwy erlid cychod y smyglwyr a saethu ergydion atyn nhw. Mi saethwyd un o smyglwyr yr ardal yma yn gelain un tro."

"Wedyn mae Alwen yn sôn byth a hefyd am ryw Bwllygwichiaid, Nain ...?"

"O, honno oedd un o'r ffermydd mwyaf ar y tir isel wrth droed y Gogarth. Cregyn mewn pyllau llanw ar lan y môr ydy gwichiaid – maen nhw'n iawn i'w bwyta, yn fychain, yn debyg i falwod llwydlas ac maen nhw'n 'gwichian' wrth eu berwi, ti'n gweld. Erbyn heddiw, bwyd pobl dlawd ydi cregyn bychain fel hyn – ond yn yr hen ddyddia' bydda pobl yn eu hel nhw yn y pyllau trai lle mae pier Llandudno heddiw. Roedd ffermdy a thai allan Pwllygwichiaid ar y lan uwch ben y pyllau yma – lle mae croesffordd strydoedd Mostyn a'r Gloddaeth heddiw."

"Y groesffordd ...? Ond yr ynys ydy fan'no! Mae Alwen yn berwi am honno a'r meini yna drwy'r amser!"

"Roedd honno yn ffarm fawr, Meira. Roedd ganddi odyn galch yn y stryd yma – Stryd Cwlach, lle 'dan ni'n byw! Peter Jones oedd enw'r ffermwr olaf, gant a hanner o flynyddoedd yn ôl – ond nid y fo oedd perchennog y ffarm. Roedd o'n talu rhent i Stad Mostyn. Y stad honno oedd yn berchen ar y rhan fwyaf o ffermydd yr ardal. Ond eto ar yr un pryd, roedd bron hanner tir plwyf Llandudno yn dir comin – o fferm Pwllygwichiaid yr holl ffordd ar hyd y bae bron i'r pen arall."

"A phwy oedd yn ffarmio'r tir comin, Nain?"

"Y werin. Roedd gan y bobl gyffredin hawliau yn mynd yn ôl at Gyfraith Hywel."

"Ac roedd yna dai ar y tir comin, Nain?"

"Tai unnos oedden nhw, Meira. Yr hen drefn Gymreig oedd bod gan bob pâr neu unigolyn hawl i gael cartref ar y tir comin. Ond roedd amodau – byddai'n rhaid codi'r tŷ rhwng machlud haul a thoriad y wawr. Os byddai mwg yn codi drwy'r simnai wrth i'r wawr dorri, roedd y tŷ'n gartref iddyn nhw."

"Sut aflwydd roeddan nhw'n gallu codi tŷ mewn un noson!"

"Bydda'r sawl oedd am dŷ yn casglu'i deulu a'i ffrindia' at ei gilydd i'w helpu. Bydda rhai yn cario cerrig i'r darn o dir, yn eu naddu a'u siapio'n barod. Mi fydda eraill yn llusgo boncyffion a brigau ac ambell ddarn o bren a gawsai'i olchi ar y traeth. Mynd ati i dorri tyweirch yr oedd cymdogion eraill, a'u gadael i sychu yn yr haul ac yna'u cario i'r lle roedd y tŷ yn mynd i gael ei godi. Rhai eraill wedyn yn creu ysgubau o wellt ac yn paratoi drws a ffenestri ..."

"Felly roedd y tŷ cyfan fel petai o wedi tyfu ar y safle?"

"Felly'n union, Meira. Cyn machlud haul, bydda'r nwyddau adeiladu i gyd yn eu lle. Mi fydda criw yno'n barod i weithio drwy'r nos. Cerrig mawr yn sylfaen yn y twyni tywod a thyweirch fel brics mawr llydan ar ben y rheiny, gan adael lle i ffenestri bychain. Meini wedi'u siapio yn cael eu codi'n ofalus i greu simnai a chlamp o foncyff uwch ben y lle tân. Preniau i greu trawstiau to. Y drws yn ei le. Gwellt ar y to. Pawb yn gweiddi 'Brysiwch! Ewch ati i gynnau tân ...' Ac yng ngola' cynta'r wawr, bydda mwg yn codi drwy'r simnai. Bydda teulu arall yn byw ym Morfa Isaf."

"Roedd Alwen yn cofio enwau rhai ohonyn nhw ..."

"Da iawn hi. Maen nhw'n werth eu cofio: Y Storws, Storws Bach, Pen-y-gro, Cambria. Ugain o dai unnos oedd yn gartrefi i gant a dau ddwsin o bobl tua 1850. Ac yn eu mysg nhw, tŷ ein teulu ni – Shadrach a Magwen Simnai Gerrig ..."

"Ein teulu ni, Nain! Roeddan ni'n rhan o Forfa Isaf?"

"Oeddan. Ac yn rhan o'r twyllo mawr olygodd fod y tai yn cael eu dwyn oddi arnon ni. Cafodd bythynwyr y Morfa eu twyllo i dalu mymryn o rent i Stad Mostyn, er nad honno oedd piau'r comin. Wedyn mi gafodd Stad Mostyn hawl gan y senedd yn Llundain i gau'r tir comin. Roedd hynny'n golygu troi'r bobl o'u cartrefi, chwalu'r tai, lefelu'r twyni tywod ac agor ffosydd ac yna – dechra' adeiladu strydoedd o dai a siopau, gwestai ac eglwysi, theatrau a thai adloniant. Adeiladu tre' ar y tywod. Llandudno. Tre' sy'n eiddo i Stad Mostyn hyd heddiw ..."

Meddyliodd Meira am y meini yng ngwaelod yr ynys ar groesffordd y dref. Ai meini fel y rhain y byddai'r hen gymdeithas yn eu defnyddio i godi'r tai unnos ar y Morfa?

Pennod 9

"Mae Mackenzie yn adrodd straeon tebyg iawn i hynny."

"Pwy, Dad?"

"W'st ti – Peter Mackenzie, y Sgotyn sy'n gweithio ar ein cwch ni ers gaea diwetha ..."

Roedd Alwen ar yr un trywydd â Meira ac roedd newydd fod yn adrodd hanes ei darganfyddiadau am Forfa Isaf wrth ei thad.

"Be mae o'n ei ddeud felly, Dad?"

"Roedd ei deulu o'n dod o Ynys Lewis yng ngogledd yr Alban gant a hanner i ddau gan mlynedd yn ôl. Digwyddodd yr un math o beth yn fan'no. Troi teuluoedd o'u tyddynnod, llosgi tai – er mwyn i'r bobl fawr gael stada' anferth i fagu defaid."

"Be? Y Mostyns sydd piau'r tir yn yr Alban hefyd?"

Roedd cwch pysgota Tomi Owen a'i griw wedi cyrraedd yn ôl i gei Conwy yn gynnar yn y prynhawn. Wedi gorffen dadlwytho'r pysgod, roedd wedi cael tri physgodyn braf i ddod adref gydag o ac roedd wrthi'n eu glanhau a thynnu'r cig oddi ar yr esgyrn mân yng nghegin gefn y cartref. Aeth Alwen ati i blicio'r tatws i'w thad.

"Na, nid yr un teulu," atebodd Tomi. "Yn anffodus mae 'na filoedd o bobl fel y Mostyns yn yr hen fyd 'ma. Roedd teuluoedd y stada' mawr yn yr Alban wedi cael 'u breibio i gael gwared â'r werin oedd yn magu gwartheg ac yn tyfu tatws a cheirch a chnyda' eraill yn y cymoedd a'r dyffrynnoedd yn ucheldiroedd ac ynysoedd yr Alban. Clirio'r tir o bobl, fel petaen nhw'n ddrain a danadl poethion. Llosgi porfa'r gwartheg a thai y tlodion. Hel y rheiny oedd yn dal yn fyw a'u rhoi ar longa' i'w hanfon i drefi mawr y byd diwydiannol fel Glasgow, Belfast a Lerpwl neu i'r Byd Newydd dros y môr – i Ganada, Merica, Awstralia a Seland Newydd. Mi ddaeth teulu Mackenzie i lawr i'r porthladdoedd pysgota yng ngogledd Lloegr i ddechra' arni, ac wedyn mi ddaeth ei daid i Gonwy, flynyddoedd yn ôl erbyn hyn."

"Ond be wnaeth y bobl fawr gyda'r holl dir gwag 'na?" gofynnodd Alwen. "Does bosib fod yna ddega' o drefi glan môr fel Llandudno yn fan'no hefyd?"

"Na, ffermydd defaid. Dega' o filoedd o ddefaid a rhyw ddau neu dri o fugeiliaid lle'r oedd pentrefi i gannoedd o deuluoedd tyddynwyr. Mae'r ffordd mae'r bobl fawr yn gwneud pres yn wahanol mewn gwahanol wledydd – ond yr un dull sydd ganddyn nhw, meddai Mac. Dwyn y tir a chael ffortiwn yn y banc."

"Be wyt ti eisio i mi wneud efo'r tatws 'ma rŵan, Dad?"

"Golcha nhw'n iawn a thorra nhw'n fân – yn eu hanner ac yn eu hanner wedyn."

"Ddim tships 'dan ni'n 'i gael gobeithio! Dwi wedi cael llond bol ar rheiny am un diwrnod."

"Mae'r dŵr yn berwi yn y sosban yna'n barod iddyn nhw, yli. Berwad sydyn iddyn nhw am ryw ddeng munud rŵan. Wedyn estyn y tun cig yna o'r cwpwrdd isaf. Rho dipyn o fenyn ynddo fo ..."

"Wneith y marjarîn yn iawn, Tomi," meddai Morfudd Owen o'i chadair wrth y ffenest. "Mae menyn mor ddrud y ..."

"Ew na, menyn go iawn i gael blas," meddai Tomi. "Rysáit

Mac ydi hwn – yr holl ffordd o Ynys Lewis yn yr Alban. Menyn yn y tun – ia, dyna ti, lwmpyn go dda. 'Chydig mwy na hynny. Geith o fynd i waelod y popty i g'nesu rŵan. Dos di i nôl 'chydig o ddail persli – yn y bocs ar silff ffenest ffrynt y tŷ."

Pan ddychwelodd Alwen gyda thusw yn ei llaw, daeth y cyfarwyddiadau nesaf gan ei thad.

"Dan y tap, wedyn torra nhw'n fân efo cyllell finiog."

"Wyt ti wedi gorffen gwneud llanast ar fy mwrdd i, Tomi?" gofynnodd Morfudd wrth edrych ar y domen o esgyrn mân, y pennau, y cynffonnau a'r perfeddion oedd yn ei orchuddio.

"Bron iawn. Y badell ffrio rŵan, Alwen. Lwmp go dda o fenyn yn honna ... mwy na hynny. Dyna ti. Dos i nôl lemon rŵan a chrafa'r croen i'r badell a gwasgu'r sudd i gyd ohono fo efo fforcan."

"Rargol, roedd gan yr hen ynyswyr yn yr Alban ddigon o fenyn at eu byw, mae'n rhaid," meddai Morfudd.

"Dyna'r peth. Roeddan nhw'n byw'n dda. Codi teuluoedd cryf. Ond doedd y bobl fawr ddim yn gwneud digon o bres, meddai Mac."

"Pa bysgod ydi'r rhain, Dad?" Gwyliodd y darnau braf o gig glân yn cael eu gosod ar blât ganddo.

"Cegddu – yr *hake*. Be gei di well? Syth o'r môr. Ac edrych, cigog ydyn nhw. Tafelli o gig gwyn. Reit, halen a phupur ar y rhain rŵan. Ti wedi gorffen efo'r lemon yna? Gad y badell ar dop y stof – paid â rhoi tân dani rŵan. Mi elli di loywi'r tatws 'na. Fforcan ynddyn nhw. Ydyn nhw wedi dechra' coginio?"

"Ydyn."

"Iawn, gadal i'r stêm godi ac ysgwyd y sosban uwch y gwres am 'chydig iddyn nhw sychu. Diffodd y cylch poeth yna rŵan.

Dos i nôl y tun menyn o'r popty – watsia losgi. Dyna chdi – reit, y tatws i mewn ... gwylia wrth i'r menyn dasgu ..."

Defnyddiodd Tomi lwy bren i droi'r tatws yn y menyn poeth fel bod pob wyneb wedi'i orchuddio.

"Tafla'r persli i mewn dros y tatws."

Tro arall i'r cyfan gyda'r llwy bren. Halltu'r cwbl ...

"Reit, 'nôl â nhw i'r popty, Alwen. Silff ucha tro 'ma. Hanner awr ac mi fydd swper yn barod."

"Oes eisiau dechra' ffrio'r pysgod rŵan?"

"Ew, nagoes. Tri munud bob ochr mewn padell boeth i bysgod ffres fel hyn, meddai Mac. Mi wna i dduo'r pys a ffa rŵan tra dwi'n disgwyl."

"Mi a i â Gel am dro bach 'ta."

"Hei, be am glirio'r nialwch yma'n gynta?" galwodd Morfudd ei merch yn ôl o'r drws. "Paid â rhoi'r esgyrn a'r gwastraff yma yn rhydd yn y bin yn y cefn yna neu mi fydd ganddon ni lond yr iard o wylanod swnllyd drwy'r nos. Lapia nhw'n iawn mewn papur newydd a rhoi hwnnw wedyn mewn bag a'i stwffio'n iawn i waelod y bin."

"Paid â bod yn hwyr, cofia," rhybuddiodd ei thad wedi iddi orffen clirio. "Fasa'r pysgod yma ddim yn maddau iti!"

Wrth glymu'r gadwyn am goler y ci, cysidrai Alwen i ble aen nhw am dro.

Petai ganddi amser, mynd am y traeth wnâi hi heddiw. Na, doedd Gel ddim yn hoffi'r tonnau. Wel, doedd o ddim yn arfer hoffi'r môr, meddyliodd, ond yna cofiodd am gyffro'r ci yn nherfysg y dŵr pan oedd yno gyda Olivier ...

Ta waeth, doedd ganddyn nhw ddim amser a dyna ni. Ond roedd hi'n hoffi gwrando ar y môr. Doedd dim y fath beth â môr tawel, meddyliodd. Hyd yn oed pan nad oedd awel y tu ôl i'r tonnau, roedd yr ewyn yn dal i chwalu ar y tywod ac yn sibrwd yn ei chlust. Doedd dim geiriau, dyna oedd yn braf – ond ar ôl gwrando ar y môr yn mynd a dod yn ei chwmni, teimlai fel pe bai wedi cael sgwrs gyda hi ei hun.

"Lle awn ni felly, Gel?"

Cododd y ci ei ben a'i ddal ar fymryn o osgo. Roedd ei lygaid yn dweud ei fod wedi deall pob gair.

"Ti'n iawn eto, Gel. Awn ni am y graig. Craig yr Oesoedd. 'Dan ni angen 'chydig o nerth ar ôl popeth sydd wedi digwydd heddiw. Tyrd 'ta. Rhaid i ni frysio neu mi fydd Dad yn flin."

Arweiniodd Alwen y ffordd i lawr yr allt cyn troi i'r chwith am Ffordd Wyddfid. Heibio cefn y teras cyntaf a chroesi'r tir gwyllt wedyn heibio tyddyn Ty'n y Fron i gyfeiriad hen fryngaer y Celtiaid ym Mhen y Dinas. Troi i lawr fymryn cyn cyrraedd honno a dod at glamp o garreg.

"Y Maen Sigl ydi enw hwn," meddai Alwen gan roi clustan go dda i'r maen gyda'i llaw.

"Wnaeth hi siglo, Gel? Na ... dwi ddim yn meddwl. Rhaid i ti gael dau neu dri yn sefyll arni cyn i hynny ddigwydd, meddan nhw. Bydd yn siglo 'nôl a 'mlaen fel crud babi bryd hynny. Ia, maen mawr fel hyn. Tunelli o graig, a blaen troed yn ddigon i wneud iddo fo symud, dim ond i ti sefyll yn y lle iawn."

Syllodd Alwen yn hir ar y maen. Rhedodd ei llaw ar hyd ei ochr.

"Mae hwn wedi gweld tywydd, Gel. Wedi sefyll drwy'r stormydd."

Edrychodd arno'n hir eto.

Dechreuodd Gel wneud mymryn o sŵn crio yn y diwedd gan dynnu Alwen yn ôl at ei choed.

"Hei, rhaid inni redeg neu fyddwn ni'n hwyr i'r swper yna. Swper Mac o Ynys Lewis. Be feddyli di o hynny?"

Dim ond mewn pryd y cyrhaeddodd hi'r tŷ teras. Eisteddodd wrth y bwrdd fel roedd ei thad yn rhannu cynnwys y badell ar dri phlât.

"O! Ogla da, Dad!"

"Ydyn nhw wedi ffrio'n iawn, dywed?" Profodd ddarn o bysgodyn ar ei blât ei hun drwy wthio llafn ei gyllell rhwng dwy dafell o gig gwyn. Agorodd y pysgodyn yn hawdd ac roedd llygad yn medru gweld ei fod wedi'i goginio'n drwyadl.

Cododd Alwen ddwy neu dair llwyaid o bys a ffa a llwyth go dda o'r chwarteri tatws oedd bellach wedi melynu a chrimpio yng ngwres y popty.

"O, Dad! Mae'r pysgodyn yma'n toddi yn 'y ngheg i!"

"Wel, blasus iawn wir, Tomi," cytunodd Morfudd.

"Diolch i Mac, yntê. Swper syml iawn, yn tydi? Dim byd ffansi. Dim ond cynnyrch y tir a'r môr lle'r oedd y tyddynnod bach yna ar hyd glanna' ynysoedd yr Alban. Digon tebyg i lanna' Cymru yma ers talwm. Ond y cyfan yn gynnyrch y lle hwnnw ar y diwrnod hwnnw. Be gewch chi well? Iechyd da, yr hen Mac!"

"Ers pryd maen nhw'n tyfu lemons ar ynysoedd gogledd yr Alban, Dad?"

"A! Ia! Anghofiais i am y lemon. Ond heddiw yn adeiladu ar ddoe ydi hynny, yntê? Dydi hanes ddim yn aros yn llonydd – rhaid i ni symud yn ein blaena' o hyd."

Ar ôl swper, aeth Alwen allan i'r cefn i hel ei phapurau nodiadau. Roedd y rheiny wedi sychu ar ôl y drochfa wrth borth y llyfrgell, ac wedi crimpio'n galed yn yr heulwen a'r awyr iach yn yr iard fach yng nghefn y tŷ.

"Mae'r rhain fel rhyw bysgod gwyn wedi bod yn y badell yn rhy hir!" meddai wrth Gel.

Edrychodd arnyn nhw eto, gan ddarllen ambell frawddeg drachefn. Na, nid gwledd oedd yma, meddyliodd. Ond roedd yna rywbeth i gnoi cil arno hefyd. Aeth yn ôl i'r tŷ ac i dawelwch ei llofft.

Pennod 10

Fore trannoeth – bore Gwener – daeth Alwen ar draws Sylwen Huws a Sam Llanast ar gornel y palmant gyferbyn â'r ynys ar y groesffordd. Roedd hi'n amlwg fod trafodaeth brysur rhwng y ddau. Daliai Sylwen amlen fawr frown yn ei llaw chwith, gydag amryw o bapurau'n fflapian yn yr awel ar ben honno, ond yn dynn o fewn ei gafael yr un pryd.

"Dyma fo'r cofnod fan hyn," clywodd Alwen eiriau Sylwen, gan bwysleisio bob gair drwy guro ar y papurau â bys canol ei llaw dde. "Ar y deuddegfed o Orffennaf, 1843, pasiwyd deddf yn y senedd yn Llundain yn cau tiroedd comin yn y nifer hyn o blwyfi yn sir Gaernarfon, sef plwyfi Eglwys-rhos, Llandudno a Llangwstennin. Chafwyd dim gwrthwynebiad o gwbl i'r ddeddf ..."

"Ia, ond rhaid i ti gofio, Sylwen – doedd gan y werin fuasai'n byw yma bryd hynny ddim pleidlais na dim llais i'w cynrychioli nhw yn y Senedd," meddai Sam Llanast.

"Ond chafodd neb eu troi allan, Sam. Mae yna gofnod wedyn – wnaethon nhw ddim gwneud map terfynol o sut roedden nhw'n rhannu'r tir comin tan 1848. Pum mlynedd wedyn!"

"A faint o erwa' oedd yn cael eu cau i gyd? Neu'n cael eu dwyn oddi ar y bobl yma?"

"Naw cant pump deg pump acer."

"A faint o'r rheiny gafodd teulu'r Mostyn?"

"Wyth cant tri deg dau acer."

"Ac roedden nhw'n cael y cyfan am ddim 'blaw'r gost o gael deddf drwy'r senedd!" meddai Sam.

"Ond fuodd yna ddim plismyn na milwyr yma yn hel teuluoedd o'u tai. Dim reiot, fel mewn rhannau eraill o Gymru."

"Pam hynny 'ta?"

"Wel, dyna'r Mostyns, ti'n gweld. Mi wnaethon nhw ddysgu gwersi o hanes yr hyn oedd wedi digwydd cyn hynny. Rai blynyddoedd cyn gwthio'r ddeddf drwy'r senedd, dyma asiant y Mostyns yn mynd o gwmpas y tai tlawd ar y morfa yma a tharo bargen gyda'r teuluoedd – eu bod nhw i gyd yn cael byw yn eu tai ac yn cael garddio'r tir o'u cwmpas, cyn belled â'u bod nhw'n talu 'chydig sylltau y flwyddyn i deulu'r Mostyn."

"Hynny ydi – talu rhent?"

"Ia."

"Ond nid Mostyn oedd biau'r tai na'r tir – comin oedd o."

"Ia."

"Ac mi gytunodd pobl y Morfa i wneud hynny?"

"Anghredadwy i ni, Sam, ond do – dyna ddigwyddodd."

"Am fod ganddyn nhw ofn, mae'n debyg?"

"Yn hollol. Mi fasa'r Mostyn yn medru galw ar y gyfraith a'r heddlu a gynnau'r fyddin i'w gefnogi o unrhyw bryd roedd o eisiau cael gwared arnyn nhw," esboniodd Sylwen.

"Felly roedd talu 'chydig sylltau o rent a chadw'n dawel yn swnio fel peth call i'w wneud?"

"Oedd. Tan i'r ddeddf cau tir comin Llandudno fynd drwy'r senedd."

"Wedyn doedd ganddyn nhw ddim troed i sefyll arni? Yn llygaid y gyfraith, roeddan nhw gystal â bod wedi cyfaddef mai'r

Mostyn oedd perchennog y tir a'r tai drwy dalu rhent iddo fo?" gofynnodd Sam.

"Dyna'n union ddigwyddodd. Mi gododd y Mostyn stryd o dai a gerddi yn Stryd Madog yn y 1850au a symud teuluoedd y Morfa yno ar les o bum swllt y flwyddyn, ar yr amod eu bod yn gweithio iddo fo i godi'r dre' newydd."

"Felly Mostyn oedd piau eu tai nhw, roeddan nhw'n talu am fyw ynddyn nhw, ac yn gweithio i Mostyn wedyn am ba bynnag gyflog roeddan nhw'n ei gael ganddo fo?" meddai Sam. "Swnio fel caethweision i mi!"

"Ac un o'u jobsys cynta nhw oedd chwalu eu hen dai a lefelu'r twyni tywod i greu siâp i'r dre' newydd."

"Chwalu eu tai eu hunain! Y tai roeddan nhw wedi'u codi drwy chwys a llafur gyda'u cymdogion er mwyn cael tân ar yr aelwyd erbyn y bora?"

"Felly ti'n gweld," meddai Sylwen, gan dyrchu ymysg ei phapurau a dod â dalen arall i'r wyneb. "Yn ôl yr hen fap yma o bentre Morfa Isaf a'r tai, roedd eu ffiniau nhw'n ymestyn o Ffordd Gloddaeth fan hyn draw ar hyd Stryd Mostyn at Stryd Vaughan lle mae'r orsaf reilffordd. Ac roedd yna fferm yn fan hyn, lle mae'r ynys yma, lle mae'r cerrig yma rydan ni'n eu trafod – fferm reit fawr ..."

"Pwllygwichiaid, pum deg dwy acer," meddai Alwen, heb fedru atal ei hun am ei bod wedi darllen ei nodiadau gymaint o weithiau.

Trodd Sam a Sylwen a sylwi'n sydyn ar y ferch y tu ôl iddyn nhw.

"Alwen!" meddai Sam. "Sut wyt ti'n gwbod hynny?"

"Nain ..."

Nodiodd Sam. Roedd yn nabod Elisa Owen yn iawn.

" ... ac yn y llyfrgell wedyn."

"Mae Alwen yma – drwy ei nain – yn perthyn i un o hen deuluoedd y Morfa yma," eglurodd Sam wrth Sylwen.

"Ddim rhyfedd fod gen ti ddiddordeb yn yr hanes felly," meddai'r archaeolegydd.

"Felly mae'n bosib bod hen, hen-faint-bynnag-arall-hen daid i mi wedi helpu i osod y cerrig yna 'dan ni'n eu gweld yn yr ynys heddiw mewn tai unnos?" gofynnodd Alwen.

"At hynny dwi'n dod," meddai Sylwen. "Maen nhw'n rhesi o gerrig sydd wedi'u gosod gyda gofal – gyda pharch, hyd yn oed. Mae'n rhaid bod yna bant go ddwfn yn y twyni tywod fan hyn a'u bod nhw wedi cario cerrig waliau, cerrig sylfaen, cerrig cilbyst giatiau, cerrig simnai o'r tai unnos ac ati a'u gosod nhw'n llenwad. Ia, cerrig wedi'u trin yn arw ydyn nhw – ond maen nhw wedi cael eu trin – dyna sy'n bwysig. Cerrig tai gwreiddol y dref ydyn nhw, gafodd eu clirio i wneud lle i'r gwestai a'r adnoddau i ymwelwyr. Mae ôl llaw gweithwyr arnyn nhw. A dyma nhw'n rhesi lle mae'r ynys rŵan – mi elli di ddeud mai cerrig beddau tai Morfa Isaf ydyn nhw."

Wrth glywed y geiriau hynny, disgynnodd tawelwch dros y tri. Cymerodd Alwen anadl ddofn. Mynwent oedd ar ganol y groesffordd, meddyliodd. Mynwent oedd yn cofio hen bentref Morfa Isaf a'r bywyd oedd yno ers talwm.

Torrwyd ar draws yr eiliadau teimladwy hynny gan waedd o gyfeiriad y ffordd tua'r môr.

Rhedodd rhywun i ganol y ffordd ac oedi i osgoi'r traffig, gan godi'i law a rhoi gwaedd arall.

"Ar fy marw, dyma'r boi ola' dwi angen 'i weld!" meddai

Alwen pan sylweddolodd mai Olivier oedd yn croesi'r ffordd tuag atyn nhw.

Fel roedd hi'n cythru i groesi'r ffordd at ochr arall yr ynys, gafaelodd Sylwen yn ei braich am ennyd.

"Mi hoffwn i gyfarfod dy nain yn arw, Alwen," meddai wrthi.

"Dim problem. Fydd hi efo ni'n cael cinio yn siop tships Stryd y Capel toc wedi hanner dydd fory. Ydi hynny'n gyfleus i chi?"

"I'r dim. Fydda i yno."

Croesodd Alwen y ffordd fel roedd Olivier yn croesi at Sam a Sylwen, heb godi'i phen nac edrych arno.

"Be wyt ti wedi'i wneud i ypsetio Alwen, Oli?" holodd Sam. "Hogan ifanc daclus fel hi – ddylat ti beidio sathru ar ei chyrn hi."

"Fues i bron â'i tharo hi efo berfa ac mi daflais i fwcad o ddŵr drosti, yn do ..."

"Oli! Be ddaeth dros dy ben di?"

"Ia ond dŵr glân oedd o ..." Adroddodd Olivier yr hanes wrth y ddau.

"Wel, ti wedi llosgi dy dost yn fan'na, yn do?"

"Ddim dyna'r unig beth chwaith. Mae hi'n meddwl 'mod i wedi dwyn ei chi hi'n fwriadol ac mi ges i stŵr gan yr heddlu ..."

"Mae gen ti dipyn o waith sgwario angen ei wneud, faswn i'n meddwl," chwarddodd Sam.

"Ond fedra i ddim mynd yn agos ati rŵan – mae hi'n troi ar ei sawdl a dianc bob tro mae hi'n 'y ngweld i!"

"Wela i ddim bai arni chwaith." Rhoddodd Sylwen ei phig i mewn. "Reit. Diolch am y cyfarfod, Sam. Mae gen i fy adroddiad i'w baratoi rŵan a dwi am alw yn swyddfa'r Cyngor. Cyfarfod cyhoeddus ydi'r ateb, dwi'n meddwl. Yn stafell gymunedol y llyfrgell yr wythnos nesa. Hwyl."

"Fyny'r allt yma ac i'r chwith os wyt ti wedi gorffen dy betha' ar y pier, Oli?"

"Ydw. Be 'dan ni'n 'i wneud?"

"Lledu giât yn Ffordd Llywelyn. Mae eisio symud y cerrig i gefn y tŷ. Dim ond lle i ferfa sydd yna. O, ac os wyt ti eisio deud ei bod hi'n ddrwg gen ti wrth Alwen, y siop tships ydi'r lle i ti."

"Sut hynny?"

"Wel, os ydi hi'n gweithio yno, fedar hi ddim troi ar 'i sawdl a dianc oddi yno, yn na fedar?"

"Na, mae'n debyg ..."

"A fedar hi ddim gweiddi arnat ti o flaen cwsmeriaid chwaith?"

"Mae hynny'n wir ..."

"A dos am hanner dydd fory ac mi gei di gyfarfod ei nain hi hefyd."

"Sut wyt ti'n ..."

"Tyrd, am y ferfa yna."

* * *

Erbyn hynny roedd Alwen wedi cyrraedd y llyfrgell. Roedd ganddi chwarter awr cyn gorfod cyrraedd ei gwaith ac roedd ganddi un ffafr arall i'w gofyn i Llinos James. Pwy oedd yn eistedd ar y fainc gron o flaen y llyfrgell ond Deio, Len a Barry. Roedd pei bob un gan Deio, Barry, a bar anferth o siocled gan Len.

Rhaid oedd cael gair â nhw.

"Hei, oes yna un ohonoch chi yn Hughes?" gofynnodd Alwen.

"Len 'ma," meddai Deio. "Jonesus ydi'r ddau arall ohonan ni."

"Be oedd gwaith dy daid ar ochr dy dad, Len?"

"Argoledig annwyl, mae hon yn fusneslyd, hogia," meddai Deio.

"Peintiwr oedd o fel 'y nhad o 'mlaen i, dwi bron yn siŵr," meddai Len ar ôl i lwmp anferth o siocled doddi yn ei geg.

"Fo oedd o felly, mae'n siŵr – dwi wedi darllen ei hanes o i mewn yn fan hyn," meddai Alwen, gan bwyntio at y llyfrgell.

"Be? Mewn llyfr?"

"Na, papur newydd. Ond does gen i ddim amser i eistedd a siarad rŵan ..."

Brysiodd Alwen i mewn i'r adeilad.

"Oes, mae hen fap degwm yr eglwys o'r plwy yma," meddai Llinos James wrthi. "Mi wna i dyrchu am hwnnw erbyn amser cinio iti. Mae'n rhifo bob tŷ, tyddyn a chae. Mi chwiliwn ni am Simnai Gerrig iti ..."

Pennod 11

Fore trannoeth, roedd Charles, perchennog y siop tships yn Stryd y Capel – neu y 'fish restaurant', fel roedd yr hysbyseb yn galw'r busnes – wrthi'n gosod ei arwydd ar y palmant pan welodd y cefndryd Mostyn yn cerdded yn dalog tuag ato. Cododd ei law yn gyfeillgar arnyn nhw.

"Bore da, Charles Chichester! A sut mae byd y saim y dyddiau hyn?" gofynnodd Robert.

"Dal i ffrwtian, ie, Charles?" atebodd William ar ran dyn y tships. "Ardderchog. Da clywed hynny."

Gwenodd Charles o glust i glust, gan geisio dyfalu beth oedd gan y ddau Fostyn eisiau ganddo yn y bore fel hyn. Gan y Mostyns roedd o'n lesio ei siop, wedi'r cyfan.

"Oo ... a ... ie," dechreuodd Charles wneud synau rhyfedd yn ei wddw, ond nid oedd yn medru cystadlu gyda llifeiriant geiriol y cefndryd.

"Dod yma fel rhan o ymgyrch gwarchod prydferthwch ein Hardd Hafan Hedd rydan ni heddiw, Charles."

"Sef Llandudno, brenhines y tonnau," ychwanegodd William.

"Y dref sydd fel perl yng nghoron atyniadau glan môr yr ymerodraeth hon ers Oes yr hen Victoria ..."

" ... hyd Ffair Fawr Fictorian ein gŵyl banc ni."

"Ond mae rhyw flerwch a llygredd ..."

"... a hagrwch a chraith agored ..."

Edrychodd Charles i lawr ar y palmant o flaen ei siop. Braidd yn flêr oedd hi oherwydd sbwriel papurau tships y noson cynt. Ceisiodd ddal i wenu ar y cefndryd.

"Felly rydyn ni wedi galw cyfarfod cyhoeddus i ateb y broblem ar fyrder, yn dydyn ni, gefnder?"

"A dyma'r poster y byddi di yn ei roi ar ddrws y ... y ... *fish restaurant* ..." Darllenodd William yr enw ar yr arwydd oedd yn nwylo Charles.

Dyna pryd y cyrhaeddodd Alwen ei gwaith.

"O! Alwen," meddai Charles, gan ddal y poster o'i blaen. "Rho hwn ar y drws, wnei di?"

"Ie, gynted â phosib," meddai Robert.

"Cyn codi cŵn Caernarfon," meddai William.

"Wel, i ffwrdd â ni."

"Llawer i'w wneud."

Darllenodd Alwen y poster wrth gerdded at ddrws caffi Charli Tships.

CYFARFOD CYHOEDDUS

I BAWB Y MAE LLANDUDNO YN AGOS AT EU CALONNAU

yn yr Ystafell Gynhadledd

Westminster Hotel

Nos Wener Nesaf – 23 Gorffennaf 2004

am 7 o'r gloch

i ateb problem hagrwch yr ynys

ar groesffordd Stryd Mostyn

Siaradwr: Trevor Evans, Cyngor Sir.

Y BOBL FYDD YN PENDERFYNU!

RHAID CADW GLENDID OES FICTORIA!

Ac o dan y sloganau roedd llun o'r bariers coch a'r Jac Codi Baw a'r dympar ar yr ynys ar y groesffordd.

"Pwy sydd wedi trefnu'r cyfarfod yma, Mr Tsh ... Chichester?" gofynnodd Alwen i'w chyflogwr pan ddychwelodd hwnnw i'r siop.

"Y ddau yna, pwy ti'n feddwl?"

"Ond mae'r Cyngor Sir yn rhan o'r peth?"

"Trevor Evans ydy Swyddog Tai a Thwristiaeth y Cyngor Sir."

"Dwi'n ei nabod o," atebodd Alwen. "Mae ganddo fo ddau dŷ haf mae'n eu gosod i ymwelwyr yn ein teras ni – ac un arall yn Allt Tabor."

"Fo ydi'r swyddog sydd fod i ofalu bod y dref yn dal yn ddeniadol i ymwelwyr."

"Ddim fo biau'r siop bapur newydd yn Stryd Madog, Mr Tsh ... Chichester?"

"Wel, ddim fo biau'r siop. Mae o'n lesio'r adeilad gan ..."

" ... gan deulu'r Mostyn."

"Reit, mae'n amser tanio'r crochan ffrio yma," meddai Charli gan bwyntio at y cownter tships.

Bu Alwen wrth ei gwaith am y ddwyawr nesaf. Am hanner dydd ar y dot, cyrhaeddodd Arthur ac Elisa Owen.

"Helô, sut ydach chi, Taid? Dach chi'n iawn, Nain?"

"Ydw, ond bod y gwynt yn fain," atebodd Elisa. "Lle rois i fy nghôt, dywed?"

"Mae'n haul braf, Elisa bach," atebodd Arthur. "Tyrd rŵan. Awn ni i eistedd, ia?"

"Mae'r bwrdd yn y gornel wrth y ffenest wedi'i gadw i chi

fel arfer," meddai Alwen. "Ddo' i atoch chi rŵan i gymryd eich ordor chi."

"O, 'run fath ag arfer i ni," meddai Arthur.

"Ia, yr un fath ag o'r blaen," meddai Elisa.

"Oes ganddoch chi tships heddiw neu dim ond tatws?" oedd y waedd o'r drws.

Deio'r peintiwr oedd yno gyda'i gyd-weithiwr.

Gwenodd Alwen arno, er ei bod wedi clywed y llinell honno sawl gwaith o'r blaen ganddo.

"Ewch i eistedd lle gwelwch chi le." Ar ôl rhoi archeb ei thaid a nain i Charli aeth i hel archebion y peintiwrs.

"Cod mewn batyr siocled gymrith Len," meddai Deio.

"Sosej, tships a phys slwj i mi'r hen hogan," meddai Barry.

"Dwy sosej?"

"Oes posib i mi gael tair?"

Ar hynny daeth Sylwen Huws drwy'r drws.

"O, Sylwen!" Brysiodd Alwen ati. "Mae bwrdd gwag wrth ochr un Nain a Taid wrth y ffenest. Dewch draw cyn i neb arall ei fachu ac mi wna i eich cyflwyno chi."

Gwnaeth hynny ac esbonio fod Sylwen yn awyddus i gasglu mwy o wybodaeth am drigolion yr hen Forfa Isaf.

"Steddwch chi yn fan'na," meddai Elisa. "Mi ddweda i'r hanes tra byddwch chi'n bwyta eich tships."

Roedd hi'n prysuro yn y caffi rŵan, a'r haul braf wedi tynnu pobl i grwydro'n gynnar.

"Sit down and be quiet now, Benjie."

"Mummy, Mummy, can I have a large plate, like those men?"

"Yes, darling. Don't bend the menu card, darling."

"Wanna red fizz, Mummy."

"Red fruit drink, yes Jasmine?"

"Red fizzy, Mummy."

Trodd Alwen oddi wrth fwrdd arall a daeth wyneb yn wyneb â Sam Llanast, Meic Dympar ac Olivier wrth iddyn nhw gyrraedd y caffi.

"Ti'n iawn heddiw, Als?" holodd Sam yn llawen. "Lle i dri i ginio os gweli di'n dda."

Oedodd Alwen gan edrych yn sydyn – dim ond am hanner eiliad – ar wyneb Olivier. Cofiodd mai gweini oedd ei gwaith, a throdd ar ei sawdl gan arwain y tri at fwrdd wrth y wal.

"Wel, wnaeth hi ddim brathu blaen dy drwyn i ffwrdd, yn naddo?" tynnodd Sam goes Olivier wedi iddi fynd â'u harchebion at y cownter tships.

"Dos â fo iddi, rŵan," meddai Meic. "Dympio'r llwyth pan gei di le a phan gei di gyfla – dyna fydda i'n ei wneud bob amser. Yli, disgwyl platia' i'w cario mae hi. Does ganddi ddim i'w wneud am funud."

Plygodd Olivier am yr amlen fawr roedd wedi'i gadael o dan ei gadair.

Cododd yn swil a chlirio'i wddw.

"Pob lwc," meddai Sam.

Cerddodd Olivier at y cownter ac yna rhyw hanner llithro'i ffordd i gyfeiriad Alwen. Sylweddolodd hithau fod cysgod rhywun yn dod ati a chododd ei phen o'i llyfr bach archebion. Pan welodd mai Olivier oedd yno, trodd yn ôl i graffu ar ei llyfr.

"Eisiau ymddiheuro iti rydw i, Alwen."

Cododd hithau'i phen eto.

"Sut ti'n gwbod fy enw i?" holodd hi'n bigog.

"Be? O, y dynion ..." Nodiodd at eu bwrdd. "Ond eisiau dweud ydw i fod yn ddrwg iawn gen i am gadw Gel mor hir. Do'n i ddim yn bwriadu'i ddwyn o ... wir, rŵan ... ro'n i am fynd â fo at y plismyn ... ond wedyn wnes i feddwl y basai o'n hoffi mynd i ddŵr y môr ..."

"Mae o'n casáu tonnau."

"Nid y Gel welais i. Ta waeth, dyma hwn i ti i ddeud bod yn ddrwg gen i. A ddrwg gen i am y bwced dŵr hefyd ..." Rhoddodd yr amlen i Alwen.

"Dw inna'n casáu dŵr hefyd – os ydy o'n dod o fwced."

"Ddrwg iawn ... damwain ..."

Edrychodd Alwen i'w wyneb am y tro cyntaf. Roedd ganddo lygaid caredig, meddyliodd.

"Ydi'n ddrwg gen ti am fynd dros fy nhroed i efo berfa hefyd?"

"Y ... O, yndi. Ddrwg iawn am ..."

"Iawn, felly."

Gostyngodd Olivier ei lygaid i edrych ar y cownter.

Y gwallt cwta cyrliog yna'n smart, meddyliodd Alwen.

"Platiau bwrdd chwech!" galwodd Charli.

Trodd Alwen i gario platiau cinio ei thaid a'i nain.

"Ew! Da'r hogan. Dyma be ydi gwledd a hanner!" meddai Arthur.

"Post wedi cyrraedd?" gofynnodd Elisa, gan nodio at yr amlen roedd Alwen yn ei chario o dan y blât.

"Newydd dderbyn hwn rŵan, Nain."

"Wel, agor o 'ta, inni gael gweld."

Cloffodd Alwen, ond yna gan deimlo ychydig yn chwithig,

agorodd yr amlen. Roedd papur gwyn mawr y tu mewn. Tynnodd hwnnw allan ohoni. Darlun wedi'i wneud gydag inc. Darlun da hefyd, gan rywun oedd â dawn arlunio.

"Gad inni weld."

Edrychodd Elisa ar y darlun. Ci yn llamu mewn tonnau. Ci wrth ei fodd yn yr heli.

"Ond Gel, dy gi di ydi hwnna! Edrych, Arthur – tydi o'n un da! Mae o yr un ffunud!"

"Brensiach – yndi. Mae o wedi dal llygaid y ci i'r dim. A glan môr Llandudno ydi o hefyd. Mae darn o'r Gogarth a rhan o'r pier yn y cefndir."

"Ydi, ac mae'r ci yn chwerthin yn braf yn y dŵr, tydi, Arthur!"

Cymerodd Alwen y darlun yn ôl o'i dwylo.

"Mwynhewch y cinio yna rŵan," meddai. Ond cyn iddi adael, gofynnodd ei nain iddi,

"Ydi Gel ar goll o hyd, ydi?"

"Mummy, want ice cream," meddai Jasmine.

"You can have the ice cream after you have had your chips, darling."

"Mummy, Mummy, but I want ice cream now ...!"

"Platiau!" galwodd Charli.

Cariodd Alwen eu cinio i'r peintiwrs.

"Ti'n iawn am y peintiwr hefyd, Als," meddai Len. "Edrychais i yn 'nialwch papura'r teulu sy gen i adra – ac roedd gen i hen daid o'r enw William Hughes. Fo oedd y tyst yn y Ship, saff i ti!"

"Mae'r botel finag 'ma'n wag, Als."

"Mi a i nôl peth iti rŵan, Deio."

Yn eu tro, cariodd blateidiau i'r bwrdd wrth y wal. Roedd wedi gadael yr amlen wrth ei bag o dan y lle talu erbyn hynny. Estynnodd ei fwyd i Sam ac wedyn Meic, gan dderbyn eu geiriau clên gyda gwên. Yna rhoddodd ei blât o flaen Olivier.

"Dyma ti ..."

"Olivier ydi'i enw fo," meddai Sam. "Olivier Jaffar."

"O ... mwynhewch. A ... a ... diolch am y llun, Olivier."

"Platiau!" gwaeddodd Charli. Brysiodd hithau yn ôl at y cownter.

"Ydach chi'n gweithio pnawn 'ma, Deio?" holodd hi'r peintiwrs wrth iddyn nhw dalu a pharatoi i adael.

"Ydan, Als. Dim dec-tjêrs i ni ar y prom, mae arna i ofn. Peintio reilings glan y môr."

"Hei, be ydi hwn?" galwodd Len o'r drws. Roedd wedi'i agor i fynd allan ac wrthi'n darllen poster y Mostyns.

"Cyfarfod cyhoeddus i drafod yr ynys," atebodd Alwen.

Clywodd Sam y sgwrs.

"Chlywais i ddim am y peth! Pwy sy'n deud be ydi be, felly?"

"Enw'r pen bandit yna o'r cyngor sy ar y poster," meddai Len.

"Ia, ond pwy sy'n rhoi'r batris i mewn yn y gwningen?" holodd Sam. "Does dim angen gofyn, yn nagoes. Dydi enw Sylwen ddim ar y poster, mae'n siŵr?"

"Na, dim ond rhyw slogana' am Landudno Fictoraidd. A llun y Jac a'r Dympar ... Llun da hefyd!"

"Hei, Sylwen – wyt ti wedi gweld y poster yma?" galwodd Sam ar draws y caffi.

"Fyddai ddim yn well i ni adael i fwy o bobl go iawn y dre' 'ma wbod hefyd?" meddai Alwen gan glosio at y bwrdd wrth y wal.

"Pobl yr hen bentra, fel ti a fi, ti'n ei feddwl?" meddai Sam.

"Be am i chi wneud poster eich hunain?" awgrymodd Sylwen, oedd erbyn hyn wedi croesi'r stafell atyn nhw.

"Wn i lle allwn ni argraffu rhai," meddai Alwen.

"Dyna ni, adawa i hynny i ti," meddai Sylwen. "Mae'n rhaid i mi fynd – ond diolch am drefnu pethau efo dy nain. Mae'r manylion yn rhai diddorol dros ben. Hwyl!"

Trodd Sam at Alwen.

"Wel, paid â rhoi fy Jac Codi Baw i ar y poster, be bynnag wnei di."

"Be rown ni 'ta?"

Trodd i fynd yn ôl at ei gwaith. Yna, trodd yn ôl yn sydyn ac edrych ar Olivier.

"Ti'n medru tynnu llun, yn dwyt?"

"Wel ..."

"Tan bryd wyt ti'n gweithio pnawn 'ma?"

"Dim ond boreua' Sadwrn 'dan ni wrthi," meddai Meic. "Pnawn i ffwrdd."

"Dwi ar fy nghinio am ddau," atebodd Alwen. "Fedri di ddod i'r llyfrgell erbyn hynny? Disgwylia i amdanat ti wrth ... disgwylia i dan ffenest y porth ... A diolch am lun Gel, gyda llaw. Mae ... mae o'n llun da. Wyddwn i ddim dy fod ti'n medru gwneud llun."

Roedd rhyw olau rhyfedd yn ei llygaid wrth iddi ddychwelyd at y cownter i estyn am y platiau nesaf.

Pennod 12

Daliodd Olivier Alwen yn edrych ar y darlun pan gyrhaeddodd y llyfrgell ychydig ar ôl dau o'r gloch.

"Ti'n 'i hoffi o felly?" meddai gyda gwên.

Stwffiodd Alwen y darlun yn ôl i'r amlen.

"Ti'n hwyr a does gen i ddim llawar o amser."

"Ddrwg gen i ..."

"Dyna'r geiria' ti'n 'u deud amlaf, ia ddim? Tyrd, fyny'r grisia."

Archebodd Alwen y llyfr roedd ei angen gan Llinos James wrth y ddesg.

"Steddwch eich dau wrth fwrdd ac mi ddo' i ag o draw yn y munud."

Eisteddodd y ddau gyda'r amlen yn gorwedd ar y bwrdd rhyngddyn nhw.

Ar ôl ychydig, rhoddodd Alwen dap ysgafn i'r amlen gyda'i llaw.

"Lle dysgaist ti dynnu llunia fel'na 'ta?" Clywodd ei hun yn dechrau gwrido wrth ofyn. Twt. Be sydd arna i, meddyliodd, doedd hwn'na ddim yn gwestiwn personol iawn.

"Yn Mauritius, mae'n debyg."

Sylwodd Alwen ei fod wedi gostwng ei lygaid i edrych ar ei ddwylo. Oedd yntau'n cochi hefyd? gofynnodd iddi hi ei hun.

"Mauritius? Y lle yna mae sêr Hollywood a phêl-droedwyr yn mynd ar eu mis mêl ydi fan'no?"

“Wel, oes, mae yna bethau felly ar ran o’r ynys ...”

“Coed palmwydd ... cytiau gwylia’ to gwellt ar bolion mewn môr glas, glân ...?”

“Dwi wedi gweld lluniau felly, hefyd.”

“Ond nid darlunia’ fel’na rwyt ti’n ’u gwneud.”

“Na ...”

“Sut rai ’ta?”

“Wel, mae’n siŵr ’mod i’n tynnu dipyn o lunia o gŵn ...”

“Cŵn! Wel, mae dy lun di o Gel yn un da iawn. Ti wedi’i ddal o i’r blewyn.”

“Diolch.”

“Oes gen ti gi dy hun ’ta?”

“Na,” daliodd Olivier ei ben i lawr eto.

“Ddrwg gen i os ydi hynny’n brifo. Ella fod dy gi di wedi marw ac mae’n ddrwg ...”

“Na, na. Na, fu ’rioed gen i gi. Ond roedd Grand-mère – y, fy nain i – Grand-mère Mimose Jaffar. Roedd ganddi hi gi un tro a bydda hi’n tynnu llun y ci yma o hyd ac o hyd. Ci blewyn byr efo coesa’ hir oedd o – talach na dy gi defaid di.”

“Ac roedd hi’n tynnu ei lun?”

“Oedd. Efo’i bys ar y tywod. Efo carreg feddal ar garreg dywyll. Efo darn o bensil ar bapur pan oedd ganddon ni bapur.”

“Ac roedd ei llunia’ hi ohono fo yn debyg i’r ci?”

“Wn i ddim. Welais i ’rioed mo’r ci.”

“Ci oedd ganddi’n blentyn oedd o?”

“Ia, un o dri chi oedd gan y teulu.”

“Tri chi! Waw. Gwaith mynd â thri am dro!”

“I’r môr roeddan nhw’n mynd â nhw. Roeddan nhw wrth eu boddau yn y tonnau. Dyna oedd eu gwaith nhw.”

"Cŵn môr? Chlywais i 'rioed am gŵn yn gweithio yn y môr ... Achub bywyda' oeddan nhw, fel roedd yr hen gŵn mawr Sant Bernard yna'n achub bywyda' ar y mynyddoedd?"

"Nage. Cŵn pysgota oeddan nhw."

"Waw! Aros i mi ddeud am hyn wrth Dad!"

Cododd Olivier ei lygaid ac edrych i fyw ei rhai hi. Beth oedd yn y llygaid tywyll yna? meddyliodd Alwen. Pryder? Ofn?

"Pysgotwr ydi Dad hefyd," esboniodd wrth y llanc. "Ond ar gwch mae o'n pysgota."

"Roedd Gand-père, gŵr Mimose, Philippe Jaffar – roedd o'n pysgota hefyd ..."

"Yn Mauritius?"

"O, na. Doedd ganddo fo ddim cwch yn fan'no. Cyn iddyn nhw ddod i Mauritius roedden nhw i gyd yn byw ar 'chydig o ynysoedd bychain yng nghanol y môr mawr, fil o filltiroedd i ffwrdd o Mauritius. Fan'no roedden nhw'n pysgota. A chasglu'r cnau coco. A thyfu cnydau a chadw ieir ..."

"Ti'n cofio'r lle yn dda."

"Fues i 'rioed ar yr ynysoedd hynny ..." meddai Olivier gan anesmwytho yn ei gadair. Gallai Alwen ddweud ei bod yn mynd i le tyner.

"Ond dy nain wnaeth sôn am y lle? A hi wnaeth dy ddysgu di i dynnu llunia'?"

"Ia, mae hynny'n wir."

"Ac ydi pob ci ti'n tynnu'i lun yn cael hwyl yn y môr? Dyna pam est ti â Gel i'r dŵr?"

"O, na – fe fydda i'n tynnu pob math o luniau erbyn hyn."

Ar hynny cyrhaeddodd Llinos James gyda llyfr yn ei llaw.

"Dyma fo. Llyfr hen luniau o dre' Llandudno ers talwm."

"Diolch, Mrs James."

"Gwneud copi o lun o'r llyfr yma – dyna dwi'n gofyn i ti ei wneud, Olivier."

"Copïo llun? Oes gen i hawl?"

"Oes siŵr. Hen, hen lun ydi hwn. A darlun ydi o, nid ffotograff."

"Gad i mi weld y llun yna ... *Sacre bleu*! Pier Llandudno ers talwm ydi hwnna? Edrych ar yr holl bobl yn eu dillad crand."

"Roeddet ti'n gorfod talu am gael cerdded ar y pier ers talwm. Dim ond y bobl gyfoethog fyddai'n medru fforddio mynd arno fo am dro. A chaet ti ddim mynd arno fo mewn trowsus bach a fflip-fflops. Roedd yna reola' gwisg cyn caet ti gerdded y pier."

"Lle i bobl gyfoethog oedd Llandudno ers talwm felly? O, edrych ar yr hen ddillad nofio yma roeddan nhw'n eu gwisgo ar y traeth!"

"Edrych di ar y gwestai ar hyd glan y môr. A'r gerddi ym mhob man. A'r canopis gwydr dros y palmentydd o flaen y siopau. Lle crand iawn yn yr hen ddyddia'. Bydda brenhines Rwmania yn dod yma ar ei gwylia'."

"Brenhines?"

"Roedd hi wedi dotio at y lle. Hi roddodd yr arwyddair 'Hardd Hafan Hedd' i'r dre'."

"Dyna oedd ar y poster yna, yntê?"

"Pa bost ... o ie, poster y Mostyns. Dyna pam 'dan ni yma. Aros di rŵan ..." Trodd Alwen nifer o dudalennau. "Dyma ni. Hwn."

"Y bwthyn bach yma?"

"Ia."

"Nid un o'r gwestai mawr crand gyda choets fawr swanc o'i flaen o?"

"Na."

"Ond be sy'n bwysig am y bwthyn yma? Un llawr, to gwellt, dwy ffenest fach, dwy simnai ..."

"Tŷ unnos ydi o."

"Be ydi hwnnw?"

"Yli, fedri di wneud ei lun o? Mi wna i ddeud wrthat ti wedyn. Fydd yn rhaid i mi fynd 'nôl i'r caffi toc."

"Oes gen ti bapur?"

"Mi wna i ofyn i Mrs James."

"A phen inc neu rywbeth tebyg?"

"Ofynna i."

Dychwelodd cyn hir a'u rhoi o'i flaen.

"Yli, mae'n rhaid i mi fynd. Fyddi di'n iawn yn fan'ma?"

"Byddaf. Chymer hyn ddim yn hir i mi. Llun bach syml ydi o."

"Dos â phopeth yn ôl i Mrs James wedyn, os gweli di'n dda."

"A be wna i efo'r llun?"

Ar hynny daeth Morfudd Owen drwy'r drws pen y grisiau gyda llond basged o lyfrau. Sylwodd ar ei merch wrth ei bwrdd a daeth ati ar ei hunion.

"O, be ti'n wneud yma, Alwen?"

"Yr hen hanes eto, Mam."

Trodd Morfudd i wynebu'r llanc oedd wrth ochr ei merch.

"A dyma Olivier, Mam. Mae o'n ein helpu ni i wneud poster. Hei, rhaid i mi fynd neu mi fydd Charli Tships am fy ngwaed i."

"Lle wela i di i roi'r llun yma i ti wedyn?" gofynnodd Olivier.

"Ym ..."

"Wyt ti eisio i Olivier ddod â'r llun i mi wrth y ddesg yn y gwaelod?"

"Y ... na, diolch ... tyrd i'r siop tships am hanner awr wedi pedwar, Olivier. Fydda i'n gorffen fy shifft yr adeg hynny."

Ac allan â hi fel corwynt.

Ailgydiodd Olivier yn ei dasg. Aeth Morfudd ati i osod llyfrau o'r fasged yn ôl ar eu silffoedd. Cyn dychwelyd i lawr y grisiau, daeth yn ôl at fwrdd Olivier.

"A sut mae'r llun yn dod yn ei flaen?"

"O iawn diolch, Mrs y ..."

"Morfudd Owen ydw i. Tydan ni ddim wedi cyfarfod, yn naddo? Mam Alwen ydw i. Ydach chi'ch dau yn yr un ysgol?"

"Na, Mrs Owen. Gwaith gwylia' sydd gen i yn Llandudno. Dim ond yma dros yr haf ydw i."

"O, wela i. Wel, ti'n dda iawn dy law, beth bynnag. Mae'r llun yna'n edrych yn un da iawn o'r fan yma. Mi adawa i lonydd iti'i orffen o."

Dydi hwn ddim mor wahanol â hynny i rai o'r tai ar yr ynysoedd, meddyliodd Olivier. Ond fedrai o ddim dychmygu Alwen – na'i mam, chwaith – yn byw mewn tŷ felly. Roedd o wedi disgyn i ganol rhyw gawl rhyfedd, cyfaddefodd wrtho'i hun.

Ar ôl gorffen y llun, bu'n astudio tudalennau'r llyfr nes ei bod hi'n amser iddo fynd i gyfarfod Alwen.

"Llyfr diddorol?" gofynnodd Llinos James wrth iddo'i ddychwelyd iddi.

"Wyddwn i ddim o'r hanes yna o'r blaen," meddai Olivier. "Ro'n i'n meddwl mai fel hyn roedd y dre' yma wedi bod erioed."

“Mae yna lawar o betha’ o dan yr wyneb,” gwenodd hithau arno.

* * *

O flaen y siop tships, bu’n rhaid iddo oedi am ychydig nes i Alwen ymddangos.

“Ga i weld ’ta?”

Rhoddodd Olivier y ddalen bapur iddi.

“O, gwych. Mae hwn yn arbennig o dda, Oli! Fedra i ddim diolch digon i ti.” Trodd i edrych ar y poster ar ddrws y siop. “Mi wnaiff hwn boster dipyn gwell na’r un maen nhw wedi’i roi ar y drws.”

“Dydw i ddim yn deall yn iawn,” cyfaddefodd y llanc.

“Tyrd, awn ni am wynt y môr ac mi ddweda i wrthot ti,” meddai Alwen.

Rhwng y siop tships a’r prom, ceisiodd grynhoi hanes yr hen

bentref, y tai unnos ar y morfa a deddf seneddol teulu'r Mostyn wrth iddyn nhw feddiannu'r tir comin.

"Do, ddarllenais i dipyn o'r hanes yna yn y llyfr."

"Ti'n gweld beth sydd ganddon ni, felly? Mae rhai eisio gweld rhyw gofeb fawr garreg i deulu'r Mostyn ar yr ynys ar y groesffordd."

"Mewn rhyw ffordd, mae'r dre' yma i gyd, bron iawn pob stryd ohoni, yn gofeb i'r Mostyns," meddai Olivier.

"Dyna ti'n union. Ond does yna ddim byd yma i gofio'r cant dau ddeg pump o bobl a gafodd eu hel o'u cartrefi er mwyn gwneud lle i freuddwyd fawr Mistar Mostyn."

"Felly be fydd ar y poster?' holodd Olivier. 'Y llun yna o'r tŷ unnos? 'Dewch i gofio Tai Unnos hen bentref Llandudno' – dyna wyt ti am ei roi?"

"Mae hynny'n syniad. '**COFIWCH MORFA ISAF**!' falla?" awgrymodd Alwen.

"A bydd siopau Llandudno'n fodlon rhoi'r posteri hynny ar eu drysau, ti'n meddwl?"

"Wel, mae yna walia' yn y dre' yma, yn does? A pholion lamp?"

"A seti ar y prom," ychwanegodd Olivier, gan bwyntio at yr agosaf atyn nhw.

Aeth y ddau i eistedd ar y fainc. Agorodd Alwen yr amlen a thynnu llun Gel yn y tonnau ohoni a syllu arno'n hir.

"Mae'r ci wedi gwirioni. Ond oes yna rywbeth trist am y llun yma hefyd, Oli?"

Pennod 13

Edrychodd y ddau ar y darlun am funudau tawel.

"Oes," meddai Olivier yn y diwedd. "Tristwch na wn i ddim amdano a dweud y gwir, oherwydd mi wnaeth ddigwydd rhyw ugain mlynedd cyn i mi gael fy ngeni."

"Ar yr ynysoedd yna, mil o filltiroedd o Mauritius?"

"Ie. Enw'r ynysoedd ydi'r Chagos – C-H-A-G-O-S ydy'r sillafiad – ond fel 'tjêgos' ti'n ynganu'r enw. Maen nhw yng nghanol môr mawr India, dros ddwy fil o filltiroedd o ddwyrain Affrica a thros fil o filltiroedd o begwn de India. Ynysoedd cwrel ydyn nhw – tir isel, heb greigiau, yn crafu i wyneb y môr ac yn creu ambell atol crwn sy'n cynnwys bae cysgodol yn ei ganol. Coed palmwydd tal yn tyfu arnyn nhw – yn debyg i'r un mae Fernand wedi'i cherfio o flaen y bwth ar y pier. Mae tua chwe deg pump o ynysoedd bychain yn y Chagos ond y rhai mwyaf ydi Diego Garcia, Peros Banhos a grŵp yr ynysoedd Salomon. Fel deudais i, dwi erioed wedi gweld y lle, ond mae pum neu chwe chenhedlaeth o fy nheulu wedi'u geni, wedi byw ac wedi'u claddu yno. Ugain mlynedd cyn i mi gael fy ngeni roedd dros ddwy fil o ynyswyr Chagos yn byw yno."

"Dy Grand-mère yn un ohonyn nhw?"

"Ie, Mimose Jaffar ydy'i henw hi. Philippe Jaffar ydy enw Grand-père. Ac roedd Mam a Dad ar yr ynysoedd hefyd, yn blant bychain rhyw bump neu chwech oed."

"A'r cŵn?"

"Ie, a'r cŵn. Cathod hefyd. Geifr, ieir – stoc dda o anifeiliaid dof ac anifeiliaid anwes. Ond y cŵn oedd y ffefrynnau. Roedd ynyswyr y Chagos yn caru'u cŵn, meddai Grand-mère. Nid dim ond y plant fyddai'n gwirioni arnyn nhw, ond y tadau a'r mamau a'r neiniau a'r teidiau hefyd."

"Am eu bod yn gŵn pysgota, fel roeddet ti'n ei ddeud?"

"Ie, hynny. Roedden nhw'n gŵn gwaith pwysig, ond roedden nhw'n gŵn pobl hefyd, yn rhan o'r teulu, yn caru pawb a phawb yn eu caru nhw. Mae Grand-mère yn dal i ddisgrifio'r ynysoedd fel darn o'r nefoedd – tywod mân, gwyn fel blawd, y palmwydd ar y glannau'n plygu'n wastad â thonnau'r môr, a physgod a bwyd môr yn nofio rhyngddyn nhw. Roedd y pysgotwyr a'r cŵn yn medru camu ar hyd y boncyffion a'r brigau palmwydd a chael dalfa hawdd."

"Swnio fel lle braf i fyw, Olivier."

"Doedd holl hanes ein pobl ni ddim yn brydferth, cofia. Rhyw ddau gan mlynedd yn ôl, mi wnaeth y Ffrancwyr feddiannu ynysoedd Chagos, a chludo caethweision yno o Affrica i'r planhigfeydd coconyt. Daeth ymerodraeth Prydain yno wedyn a chymryd Mauritius a'r Chagos oddi ar Ffrainc yn ystod rhyw ryfel – a chymryd y bobl hefyd, wrth gwrs."

"Oes yna gymaint â hynny o bobl yn bwyta coconyt felly, fel bod y gwledydd yn rhyfela amdano fo?"

"Os ti'n sychu coconyt, rwyt ti'n cael copra – cnawd y gneuen. O'r copra, ti'n medru cael olew – olew i gynhyrchu trydan a sebon, olew i'w losgi. Roedd Grand-père a dynion eraill – a merched hefyd – yn rhisglo'r coconyt, yn agor y gragen, crafu'r copra o'r gneuen ac wedyn yn ei roi i sychu yn llygad yr haul neu mewn ffwrneisi mawr. Wedyn roedd y dynion yn gwasgu'r olew o'r copra ac roedd hwnnw'n gadael yr ynysoedd mewn llongau."

"Ac roedden nhw'n cael pres da?"

"Nid pobl yr ynys oedd biau'r ffermydd coconyt. Cwmni mawr oedd yn gwneud yr arian o'r busnes – ac roedd swyddfeydd y cwmni gannoedd o filltiroedd i ffwrdd o'r Chagos."

"A chyfloga' bach oedd yr ynyswyr yn eu cael?"

"Pitw iawn, Alwen. Ond roeddan nhw'n cael tai am ddim gan y cwmni. Roedd llongau'r cwmni yn dod â reis a bwydydd eraill – rỳm, tybaco a dillad a nwyddau i'r ynysoedd ac yn rhoi tocynnau i'r ynyswyr i brynu'r nwyddau hyn yn siopau'r cwmni. Doedd dim arian go iawn yn newid dwylo ar yr ynysoedd."

"Ond roeddan nhw'n medru pysgota?"

"Roedd hynny yn hollbwysig iddyn nhw, meddai Grand-mère a Grand-père. Doedd dim trydan ar y Chagos, dim teledu na ffôn na pheiriant o unrhyw fath. Ond roedden nhw'n hapus iawn, meddai'r hen bobl. Roedden nhw'n helpu teuluoedd ei gilydd, yn cael nosweithiau o ganu a dawnsio a chwarae offerynnau. Bywyd syml ond bywyd llawen. Babanod yn cael eu geni. Cartrefi yn cael eu codi o bren a mwd a dail palmwydd ar y touau, a'r hen bobl yn cael eu claddu mewn llecynnau tawel."

"Mae'n swnio i mi fod rhywbeth ofnadwy wedi digwydd i newid hynny i gyd," meddai Alwen.

Unwaith eto, disgynnodd tawelwch mawr rhwng y ddau. Dydi o ddim yn ymddiried digon ynof i, meddyliodd Alwen. Ceisiodd wneud pethau'n rhwyddach iddo a newid trywydd y sgwrs.

“Roedd Dad yn deud mae’n rhaid dy fod di wedi chwibanu mewn rhyw ffordd arbennig pan redodd Gel atat ti ar y Gogarth. Oedd Dad yn dyfalu’n gywir? Oes gen ti ryw chwibaniad sy’n tynnu sylw cŵn?”

Trodd Olivier ei ben ati. Gallai Alwen weld ei lygaid cymylog yn gloywi’n sydyn. Roedd gwên fechan ar ei fochau.

“Dywedodd dy dad hynny? Wel, mae o’n llygad ei le. Grand-père wnaeth fy nysgu i. Roedd hon yn hen chwibaniad roedd ei deulu yn ei defnyddio i alw ar y cŵn yn ôl o’r môr. Pwy ŵyr o ble mae hi’n dod. Efallai ei bod hi yn Affrica cyn hynny ac wedi cyrraedd ein hen ynysoedd ni gyda’r caethweision. Wyddost ti fod yna iaith chwibanu i’w chael mewn rhai lleoedd? Meddylia am goedwig drwchus, dywyll fel sydd yna yn y gwledydd poeth a llaith. Mae’n anodd gweiddi geiriau mewn lle felly. Ond mae chwiban yn medru teithio ymhell. Ac yn y môr – mae chwiban yn cario drwy sŵn tasgu’r tonnau. Ac yn ein hiaith chwibanu ni, mi fedrwn ni roi neges fel: ‘Brysiwch adre, mae bwyd yn barod!’ drwy wahanol nodau a churiad y chwiban.”

“Ti’n tynnu ’nghoes i!”

Chwibanodd Olivier yn sydyn – tair chwiban hir, dwy fer, ac yna un chwiban uchel. Gwnaeth hynny ddwy waith.

“Dyna ni: ‘Brysiwch adre! Bwyd yn barod!’ ydi’r chwibaniad yna.”

Sylwodd Alwen fod dau gi oedd yn cerdded gyda’u perchnogion ar y prom wedi sefyll ac wedi troi’u pennau at Olivier.

“Ac mae gen ti chwibaniad arall sy’n golygu ‘Iawn!’ neu ‘OK!’ neu ‘Dwi wedi clywed a dwi’n dod rŵan!’ mae’n debyg?”

"Dyma fo." A rhoddodd Olivier fys a bawd ei law dde yn ei geg i greu chwiban hir gyda chynffon fer oedd yn codi at nodyn uchel.

"Wyt ti'n deud 'OK' yn dy iaith di?"

"Pawb yn dweud hynny heddiw, yn tydi?"

"A pha iaith ydi dy iaith di? Iaith yr ynysoedd – be ydi'r enw arnyn nhw hefyd, Chagos?"

"Ia. Creole – 'crî-ôl' – maen nhw'n galw'r iaith. Cymysgedd o ryw iaith o Affrica a Ffrangeg ydi hi ..."

"Am mai Ffrancwyr oedd y meistri cynta ar yr ynysoedd?"

Nodiodd Olivier.

"A dyna pam fod eich enwa' chi i gyd yn swnio'n Ffrengig? – Olivier, Mimose, Philippe?"

"Ia. A Christos a Rita ydi Mam a Dad. Ond cyrhaeddodd Saesneg wedyn – pobl o Brydain oedd yn rheoli'r ynys a rheoli'r cwmni coconyt ers bron i ddwy ganrif."

Ymdawelodd y ddau unwaith eto.

"Felly roedd dy hen deulu di yn yr ynysoedd yma ym Môr India, yn byw mewn cytia' syml a tho o ddail palmwydd. A'r un pryd, gant a hanner o flynyddoedd yn ôl, roedd fy hen deulu i'n byw mewn tŷ fel hwn ..."

Cododd Alwen y llun o'r tŷ unnos a wnaed gan Olivier o'r amlen.

" ... ar lan y môr yn fan hyn. Roedd yna rywbeth tebyg yn eu bywyda', wyt ti ddim yn meddwl? Roeddan nhw'n gry' i'w gilydd, yn pysgota a chodi tai a hel gwair ar y cyd. Ond eto roeddan nhw'n wan, o feddwl pwy oedd y meistri ..."

Trodd Olivier i edrych arni'n sydyn.

"Dwi'n gwbod bod Prydeinwyr – yr ymerodraeth fawr – wedi dwyn caethweision o Affrica a'u bod nhw wedi defnyddio'r rheiny oedd yn fyw wedyn i weithio am ddim i greu ffortiwn. Ond wnes i 'rioed feddwl o'r blaen fod pobl dlawd debyg i ni wedi byw ym Mhrydain chwaith."

"Rho chwiban arall i mi."

Gwnaeth Olivier geg gron a chwibanodd.

"A be ydi ystyr hynny?"

Edrychodd y llanc arni. Roedd ei phen yn agos at ei dalcen yntau ac roedd ei llygaid yn fawr a disgwylgar.

"Fedra i ddim cyfieithu hyn'na," meddai gan droi ei ben draw. "Llinell o hen gân yn iaith yr ynysoedd ydi hi. Mae'n golygu llawer i Grand-mère."

"Ydy hitha wedi dysgu llawar o ganeuon i ti?"

"Rhai. Ond mae hi'n gwbod mwy."

"Mae pob nain yn gwbod mwy na ni."

Rhoddodd Olivier ambell chwibaniad arall, a chyfieithu'u hystyron i Alwen.

"Beth am i mi fynd i nôl Gel? Mi faswn i'n licio ei weld yn y tonna' efo ti," meddai hi.

"Ti'n siŵr na fydda hynny'n dy wneud di'n flin y tro yma?"

"Roedd gen i hawl i fod yn flin y tro diwetha!"

Chwibanodd Olivier eto. Pedwar chwibaniad byr, byr fel camau ci'n trotian a thri chwibaniad hir yn gorffen yn isel.

"Tyrd yma, gi. Tyrd yma, gi. Dyna ydi hynny," esboniodd.

Gwelodd Alwen y cŵn ar y prom yn troi'u pennau eto.

"Mi a' i'w nôl o 'ta."

"Mi a' innau i nôl trowsus nofio."

"Lle welwn ni chdi?"

"Yr un lle ag o'r blaen. Y traeth bach wrth y pier?"

Pennod 14

Daeth y ddau allan o'r môr yn gwenu'n braf. Ond roedd y ddau'n cytuno fod gwên Gel yn lletach. Gyda'r hwyr, roedd y gwynt wedi codi o'r bae ac roedd tonnau garwach yn hyrddio ar draeth Llandudno nag yn ystod y dydd.

Roedd y teuluoedd olaf yn casglu'u pethau i adael y tywod ac roedd hwnnw'n prysur gael ei lyncu gan y llanw oedd yn codi. Gallent weld fod rhai'n dal i gerdded y prom, ond roedden nhw'n gwisgo'u cotiau bellach.

"Does dim yn well na chynhesu dy hun ar ôl bod yn y dŵr," meddai Alwen. "Ond mae'n siŵr fod hwn yn dipyn oerach na'r môr yr oeddet ti'n mynd i mewn iddo – ble ddwedaist ti y cest ti dy fagu? Mauritius?"

"Ie. Ond na, doedd dim llawer o gyfle i ni nofio yn y môr yno."

Ddywedodd Olivier ddim mwy na hynny. Unwaith eto, roedd Alwen yn cael y teimlad fod llawer mwy ganddo yn ei galon. Pam ei fod mor gyfrinachol? Oedd ganddo ofn rhannu rhywbeth gyda hi? Neu ai cau'r caead ar rywbeth poenus oedd Olivier?

"Tyrd, awn ni i eistedd ar ochr y bandstand acw i wylio'r machlud," meddai wrtho ar ôl iddi wisgo ei thracwisg dros ei dillad nofio. "Tyrd, Gel."

"Mae'r gorwel yn werth ei weld heno," meddai Olivier ar ôl iddyn nhw gyrraedd.

"Rwyt ti'n cael golygfa fel hyn o dy lofft yn y cwt ar y pier bob nos, mae'n siŵr?"

"Ffenest fach ydi hi. Llofft fach ydi hi. Dwi ynddi hi cyn lleied o amser ag sy'n bosib."

"Sut gest ti waith efo Sam Llanast 'ta?" holodd Alwen.

"Roedd o a Meic Dympar yn contractio ar y ffordd newydd rownd Maes Awyr Manceinion y gaea diwethaf. Mae yna griw bach ohonon ni ynyswyr Chagos yn byw yn y ddinas, yn gwneud be fedran ni gael – glanhau yn y maes awyr, llwytho bagiau i'r awyrennau, labro. Be bynnag. Mi fues i'n ddigon lwcus i gael gwaith ar y ffordd osgoi. Rhan o dîm Sam yn y diwedd. A fo soniodd am Landudno. Jobsys haf. Mae Fernand fy ewythr i'n dda am gerfio pren, gwneud anifeiliaid, adar môr. A gwneud pypedau – a thrwy Sam mi gafodd le inni ar y prom a Sam yn cael rhyw jobsys i mi yma ac acw."

"Brafiach iti na Manceinion."

"Dibynnu."

Mae'r gragen yna wedi cau eto, meddyliodd Alwen. Allai hi ddim ond dychmygu sut fywyd oedd gan lanc du, tlawd dan rai amgylchiadau. Tybed oedd Llandudno yn brafiach nag unlle arall wedi'r cyfan? Ceisiodd ddilyn trywydd gwahanol.

"Rhyfedd meddwl, petai'r pier yna ddim yna, na'r prom tu ôl inni, na'r Grand Hotel ... wel, na holl oleuada'r gwestai eraill tu ôl inni o ran hynny ... a phetaen ni yn eistedd ar graig ac nid mewn bandstand ..."

"Mae 'na sawl petai a phetasai yn fan'na!"

"Dwi'n gwbod!" meddai Alwen. "Rwdlan ydw i – ond go iawn does dim llawar iawn yn wahanol rhwng be ydan ni'n ei wneud rŵan a be oedd hen deulu Nain Cwlach yn 'i wneud gyda'r nos yn yr haf gant a hanner o flynyddoedd yn ôl, mae'n siŵr ..."

"Eistedd uwch y traeth yn gwylio'r haul yn nesu at y gorwel, ti'n ei feddwl?"

"Ia. Elli di ddychmygu'r olygfa yn fan hyn? Rhwydi pysgota'n sychu; cychod wedi'u cadw uwch llinell y llanw ac ambell un wedi'i droi â'i gefn i fyny, mae'n siŵr; cewyll crancod a chimychiaid yn bentwr; rhaffa', rhwyfa' yma ac acw; cychwr hwyr a'i blant yn cyrraedd yn ôl i'r traeth a rhai ar y lan yn eu helpu i wagio'r llwyth ..."

"Eith pethau byth yn ôl fel yna, unwaith mae yna newid mawr wedi digwydd, Alwen."

"Ei di yn ôl, Olivier?"

"I'r ynysoedd?"

"Ia?"

Tawelwch hir eto. Gwelodd Alwen ei fod yn gafael yn dynn am wddw Gel ac yn mwytho dan ei glust yn dyner. Yna dechreuodd siarad. Y tro hwn, gwyddai Alwen ei bod am gael clywed ei stori. Roedd nodyn gwahanol yn ei lais.

"Roedd pethau'n dechrau newid yn raddol, meddai Grand-mère, o 1967 ymlaen. Doedd dim ysbyty ar ynysoedd Chagos ac roedd yn rhaid i gleifion difrifol sâl a merched beichiog fynd ar daith rai dyddiau mewn llong i Mauritius i gael sylw meddygol. Roedd yn rhaid gadael yr ynysoedd a mynd i Mauritius i brynu dillad, tŵls a phethau felly. Mwya sydyn, doedd hi ddim yn bosibl cael tocyn i ddychwelyd oddi yno i'r Chagos. Er bod gan rai docynnau, hyd yn oed, ac er bod llongau'n dal i deithio – roedd teuluoedd yn cael eu gadael yn Mauritius, a rhyngddyn nhw a'u pethau wedyn. Y peth nesa ddigwyddodd – dim bwyd na nwyddau o'r tu allan yn cyrraedd y Chagos. Dim reis, dim olew i'n lampau. Yna dyma'r cwmni coconyt yn cau'i ddrysau. Dim gwaith, dim arian, dim tocynnau bwyd. 'Rhaid i chi adael,' meddai swyddogion y llywodraeth. Pobl wyn o Brydain oedd y rheiny."

Gwrandawodd Alwen yn astud, heb feiddio codi cwestiwn er bod cymaint o bethau roedd hi eisiau'u gofyn.

"Er mor braf oedd yr hinsawdd, er mor las oedd y môr, roedd hi'n troi'n uffern ym mharadwys. Diego Garcia ydi'r ynys fwya yn y Chagos – roeddan nhw'n mynd i chwalu'r tai i gyd, medden nhw, ac felly fyddai gan neb unlle i fyw. Ar Diego Garcia roedd Grand-mère a Grand-père a'r teulu'n byw. Wedyn, un diwrnod, mi fu llawer o sgrechian crio. Dyma'r Prydeinwyr yn anfon milwyr i Diego Garcia yn gynta ac i'r ynysoedd eraill wedyn. Roedd ganddyn nhw rwydi a cherbydau milwrol. Dyma'r milwyr yn dechrau hel cŵn y teuluoedd i gyd – eu dal nhw mewn rhwydi a'u cario. Comisiynydd Prydain o'r enw Bruce Greatbatch, meddai Grand-mère, oedd wedi rhoi'r gorchymyn. Mi daflwyd y cŵn i gyd i mewn i'r ffwrneisi oedd yn arfer cael eu defnyddio i sychu copra. Mi wnaed tân yn rhai ffwrneisi a defnyddio pibelli o ecsôst y cerbydau i bwmpio nwy gwenwynig i mewn i ffwrneisi eraill. Rhwng popeth mi gafodd dros fil o gŵn yr ynyswyr eu lladd. Pob un. Roedd y plant yn gallu clywed eu cŵn yn udo yn y ffwrneisi. Mae'r digwyddiad erchyll yna wedi'i gerfio ar galonnau pob un ohonon ni – hyd yn oed rhai fel fi a gawsai eu geni wedi hynny.

"Dywedodd y milwyr: 'Os nad ydach chi'n gadael, mi fyddwch chi'n dilyn y cŵn yna i mewn i'r ffwrneisi.' Fedrai'r neges ddim bod yn gliriach na hynny. Mi gafodd pawb orchymyn – un bag i bob person. Llong wedyn. Gadael ynysoedd Chagos am byth. Gwagio'r ynysoedd fesul un – yn 1971, symud y brodorion olaf o Diego Garcia; yn 1972 symud y brodorion olaf o Ynysoedd Salomon, ac yna yn 1973 gwagio Peros Banhos. Cafodd dros ddwy fil o drigolion Chagos eu hel o'u cartrefi."

Suddodd yr haul yn is ac yn gochach tua'r gorwel.

"Chafodd neb fynd yn ôl. Dim hyd yn oed i roi blodau ar feddau eu teuluoedd unwaith y flwyddyn. Mae Grand-mère wedi byw dan gwmwl mawr o hiraeth fyth ers hynny. Mae gen innau hiraeth am yr ynysoedd – a dydw i erioed wedi'u gweld nhw! Dydi hynny ddim yn gwneud synnwyr, yn nac ydi?"

"Ydy mae o, Olivier. Rwyt ti wedi clywed cymaint o straeon ac atgofion am y lle gan Nain a Taid. Mae gen ti hiraeth am yr hyn maen nhw wedi'i golli."

"Nid colli'r ynysoedd yn unig wnaethon nhw. Mi gollon nhw eu cymdeithas. Doedd dim dewis. Mi gafodd y cyfan ei ddwyn oddi arnyn nhw."

"Ond pam? Mae'n rhaid bod rhyw gynllun arall? Prydain oedd y meistri – beth wnaethon nhw efo'r ynysoedd?"

"Cafodd yr ynysoedd llai eu cadw'n wag ond cafodd yr ynys fwyaf, hen ynys Grand-mère a Grand-père, Diego Garcia, ei rhoi ar les hanner can mlynedd i Unol Daleithiau America. Mae'r Americanwyr wedi creu canolfan filwrol yno. Dwy fil o filwyr, nid dwy fil o ynyswyr, sydd yno erbyn hyn. Mae maes awyrennau rhyfel anferth ar hyd un ochr yr ynys ac mae lle i longau rhyfel mwya'r byd angori yn y bae. Mae'n debyg fod America wedi gwirioni ar y lle – ynys braf a phrydferth i'r milwyr, a digon o le i gadw'r holl arfau er mwyn ymosod lle bynnag bo'r galw. Mae o fewn cyrraedd Tsieina a dwyrain Asia. Mae'n gyfleus i gadw llygad ar ddwyrain Affrica. Ac ar hyn o bryd – ers tair blynedd – maen nhw'n defnyddio Diego Garcia i fomio Irac ac Afghanistan. Mae ganddyn nhw garchar i gadw a chroesholi carcharorion amheus yno hefyd. Drwy dalu i Brydain am gael defnyddio Ynysoedd y Chagos, mi elli di ddweud ei bod hi'n llawer haws i America reoli'r byd."

"A faint ydi gwerth y les mae America yn ei dalu i Brydain?"

"Miliynau o bunnoedd – ond nid arian i bobl Prydain ydi hwn. Disgownt ar fomiau niwclear fydd America yn eu gwerthu i Brydain ydy o."

"Ond pam ... pam dy fod di, pam fod dy deulu, a rhai o'r ynyswyr eraill wedi gadael Mauritius erbyn hyn? Faint ohonoch chi?"

"Mae rhyw hanner cant ohonom ni ym Manceinion ond mae'r gymuned fwya ohonon ni mewn tref o'r enw Crawley yn ymyl maes awyr Gatwick, i'r de o Lundain. Mae'r rhan fwya wedi cael gwaith yn y maes awyr. Yr un math o beth – mopio, brwshio'r llawr, cario pethau. Mae rhyw ddwy fil ohonon ni i gyd."

"Ond rydych chi'n bellach o'ch hen gartrefi yn Ynysoedd y Chagos rŵan nag oeddech chi erioed?"

"Dwi'n gwbod. Ac mae'r tywydd mor wael yma! Ond mae llawer o'n pobl ni eisio i'r byd glywed ein stori. Doedden ni'n cyfri dim yn Mauritius. Dydi'r cyplau hapus sy'n mynd yno ar eu mis mêl yn gwbod dim amdanon ni, nac yn deall beth ddigwyddodd. A gan fod ganddon ni basbort Prydeinig bob un ..."

" ... llywodraeth Prydain sydd i fod i ofalu amdanoch chi?"

"Ie. I fod."

"Ac ydyn nhw'n gwrando?"

"Mae ambell aelod seneddol da iawn yn llawn cydymdeimlad. Ond mae'r rhan fwya ohonyn nhw'n meddwl am Lundain a phŵer a phres, a dim ots am bobl fel ni."

"Ond rydych chi'n dal ati?"

"Mae'n rhaid i ni. Mae'r llys cyfiawnder rhyngwladol a'r Cenhedloedd Unedig yn cefnogi ein hawliau ni ac yn cydymdeimlo gyda'n hanes ni. Ond dydy Llundain ddim yn gwrando ar y rheiny. Mae'n bwysig bod y byd yn gwbod be sydd wedi digwydd. Maen nhw wedi troi ynysoedd bach heddychlon yn fygythiad a all arwain at ryfel byd."

"Waw! Mae hynny yn fy sobri fi at fy sodla'," meddai Alwen. "Rhywsut dydi fy mhroblem fach i gyda'r ynys ar y groesffordd ddim yn swnio'n bwysig iawn erbyn hyn."

Trodd Olivier ati ac edrych i fyw ei llygaid.

"Yr un stori ydi hi, Alwen. Pobl yn cael eu hel o'u cartrefi. Pobl heb hawliau. Pwerau mawr yn cymryd drosodd."

Teimlodd Alwen ei hun yn agos iawn ato. Yn agos at y llygaid tywyll a'r wyneb hardd ...

Yna, cododd Gel ei ben yn sydyn gan chwipio'i glustiau gwlyb i wynebau'r ddau ohonyn nhw.

Chwarddodd y ddau, codi o'r bandstand a chydgerdded yn ôl ar hyd y prom mewn tawelwch.

Pennod 15

"Meira, ti'n effro?"

"Mmm."

"Dwi newydd feddwl am rywbeth."

"Yy."

"Mae'n ddydd Sul heddiw, tydi?"

"Mm."

"A 'dan ni'n newid shiffts fory? Ti a fi?"

"Mm."

"Felly ti fydd yno am ddeg fory a finnau'n dechra' am hanner awr wedi pedwar."

"Mmm."

"Ond fedra i ddim gweithio nos Wener ..."

"Yy?"

"Mae'r cyfarfod cyhoeddus 'ma yn y Westminster Hotel ..."

"Ooo."

"Felly fedra i ddim bod yn y siop tships ac yn fan'no, yn na fedraf?"

"Mmm."

"Felly wnei di newid shifft efo fi ddydd Gwener?"

"Yy?"

"Fi'n dechra' am ddeg yn dy le di – felly fasa ddim rhaid i ti godi'n gynnar ..."

"Ooo ..."

"Wnei di feddwl am y peth?"

"Mmm."

"Reit, rhaid i mi godi rŵan ... shifft fora ola i mi am sbel ..."

"Yyy."

Ar ei ffordd yn ôl o'r stafell molchi, sylwodd Alys ar y ddau lun oedd ar y bwrdd bach – y lluniau roedd Olivier wedi'u creu.

"Welaist ti ddau lun Oli fan hyn, do?"

"Mm ..."

"Llun da o Gel, yn dydi o?"

"Mm."

"A be ti'n feddwl o'r tŷ unnos mae o wedi'i wneud? Anodd dychmygu bod ein hen deulu ni wedi byw mewn tŷ fel yma rywle lle mae'r Westminster Hotel rŵan, tydi?"

"Mmm."

"Ond ti'n gwbod be, Meira? Ges i hanes pobl eraill gollodd eu cartrefi gan Oli neithiwr ..."

"Yy?"

"Digon i roi ias i lawr dy asgwrn cefn di ..."

"Ooo?"

Tra oedd hi'n gwisgo, adroddodd Alwen hanes ynyswyr Chagos wrth ei chwaer.

"Troi dwy fil o bobl o'u gwlad enedigol er mwyn dechra' rhyfel yn erbyn Irac!"

"Mmm."

"Mae'r peth yn ddychrynllyd, yn tydi? A hwnnw'n rhyfel anghyfreithlon ..."

"Yyy."

"Dyna be maen nhw'n ei feddwl pan glywi di'r Prif Weinidog yn Llundain yn deud fod ganddyn nhw 'special relationship' efo America ..."

"Mmm."

"Ond ti'n gwbod be ddwedodd Oli wedyn, pan ddwedais i nad oedd helynt hen bentra Llandudno yn ddim o'i gymharu â helynt yr Ynysoedd Chagos?"

"Yy?"

"Deud wnaeth o, 'Yr un stori ydi hi. Pobl yn cael eu hel o'u cartrefi. Pobl heb hawliau.' Deud da ganddo fo, yn doedd?"

"Mmm."

"Reit dwi'n mynd am y siop. Diolch am y sgwrs."

"Mmm."

Ond pan gyflwynodd Alwen ei hawgrym wrth Charli Tships yn ddiweddarach y bore hwnnw, cafodd ymateb hollol negyddol.

"Alla i ddim caniatáu peth felly, Alwen. Mae'n drysu bob dim i mi. Dwi'n ceisio bod yn gyflogwr teg, gan edrych ar ôl fy staff, a tydi peth fel hyn jest ddim yn gweithio, ti'n gweld."

"Be ydi'r broblem, Mr Tsh ... y ... Chichester?"

"Wel, o ddilyn dy awgrym di, Alwen, fe fyddet ti'n gweithio tan naw o'r gloch nos Iau, yn byddet?"

"Byddwn, Mr Chichester. Dyna ydi fy shifft i yr wythnos yma."

"Ac wedyn mi fyddet ti'n ôl yma am ddeg y bora ar ôl hynny."

"Ia, mae hynny'n iawn efo fi."

"Ond dydi hynny ddim yn iawn efo polisi diogelwch y *fish restaurant* yma, Alwen bach. Dydi hynny ddim yn rhoi digon o amser i ti gael 'chydig o hamdden, cael cysgu'n iawn, cael brecwast a 'chydig o awyr iach a chinio, ac wedyn cael y nerth i ddod yn ôl yma erbyn hanner awr wedi pedwar. Yn ffit ac yn effro ac yn barod am waith. Oherwydd rydan ni'n delio gydag olew ffrio tships dychrynllyd o boeth yn y cafnau yma, fel ti'n gwbod ..."

"Ond mi fydda i'n iawn ..."

"Ac wedyn ti'n disgwyl i Meira – dy chwaer fach di – i wneud yr un peth nos Wener. Gweithio tan naw ac wedyn llusgo'i hun yma erbyn ei shifft deg y bora canlynol. Wyt ti eisiau i dy chwaer fach di wynebu risg o ddamwain ddifrifol yn ogystal?"

Doedd dim ateb i hynny, ac yn raddol gwawriodd ar Alwen na fyddai'n bosib iddi fynd i'r cyfarfod cyhoeddus yn y Westminster Hotel. Bu'n ystyried rhoi gorau i'w gwaith ond llwyddodd ei rhieni i'w pherswadio dros swper y noson honno na fyddai hynny'n deg â Charli Tships yng nghanol tymor yr haf fel hyn, na chwaith yn beth call iawn iddi hithau wynebu colli ei phres gwyliau drwy fis Awst.

Aeth am dro gyda Gel i'r pier i chwilio am Olivier. Cafodd o hyd iddo ym mhen pella'r pier hir, yn syllu ar y gorwel.

Cafodd Gel groeso cynnes iawn ganddo ac roedd y ci fel pe bai'n cofio am yr hwyl yn y tonnau hefyd.

"Na, 'dan ni ddim yn mynd i'r môr heno, Gel," meddai Alwen. Adroddodd ei newyddion siomedig wrth y llanc.

"Paid â phoeni, mae mwy o waith angen ei wneud na dim ond mynd i'r cyfarfod," meddai yntau wrthi.

"Fel be?"

"Ydi dy fam wedi argraffu'r posteri?"

"Yn y llyfrgell fory."

"Wel mae'n rhaid i rywun fynd â nhw o siop i siop, o swyddfa i swyddfa ac i ambell dŷ mewn rhes iddyn nhw eu rhoi nhw yn eu ffenestri. Mae'n rhaid dweud yr hanes, apelio at eu synnwyr chwarae teg nhw a'u perswadio i weld dy safbwynt di. A fedra i ddim meddwl am neb gwell na ti i wneud hynny."

"Ond doeddwn i ddim wedi bwriadu gwneud hynny i gyd – dim ond glynu ambell un ar bolyn ..." mynnodd Alwen.

"Dydi polion ddim yn pleidleisio. Pobl fydd yn y cyfarfod ac mae gen ti gyfle i'w paratoi nhw. Ti'n dweud dy fod ti'n rhydd bob bore a dechra' pnawn yr wythnos yma?"

"Ydw, ond ..."

"Fe elli di fynd â Gel am dro efo ti. Mi fydd gan bobl ddiddordeb yn hanes y dre' 'ma. Mae'n stori bwysig ac yn werth ei rhannu. Mae hynny lawn cyn bwysiced â mynd i'r cyfarfod ei hun."

Bu tawelwch rhyngddyn nhw am ychydig. Tawelwch tra oedd meddwl prysur Alwen yn ceisio rhoi trefn ar ei greddfau a'i theimladau oedd hwnnw. Meddai yn y diwedd:

"Ti'n iawn, mi alla i wneud hynny. Ond mae un peth arall yn 'y mhoeni hefyd. Beth sy ganddon ni i'w gynnig sy'n wahanol i gynllun y Mostyns?"

"Yr obelisg?"

"Ia. Mae'n rhaid inni gael rhywbeth pendant i'w gynnig."

"Mae ganddon ni bum diwrnod i feddwl am hynny."

"Dyna wnaeth fy nharo i wedyn, Oli. Pan oeddech chi'n clirio'r llwyni a'r bloda' – mi symudoch chi rhyw chwech o goed palmwydd oddi ar yr ynys. Roedd hynny'n deimlad rhyfedd i ti, erbyn meddwl?"

"Wel, dwi'n cofio'r coed palmwydd ar Mauritius, wrth gwrs. Llawer talach, llawer mwy trwchus na rhai Llandudno! Ond ti'n iawn, roedd o'n deimlad braidd yn chwithig."

"Rhywbeth arall sy'n cysylltu ynys y morfa gyda'r Ynysoedd Chagos."

"Dwi wedi sôn wrth Fernand fy ewythr i am hyn i gyd ..."

"Dyn y tegana' meddal?"

"Ie. Ond dyn gwneud pypedau hefyd. Roedd o'n cerfio anrhegion pren i ni pan oedden ni'n blant – dolffin, cwch, crwban môr. Tyrd i gael sgwrs efo fo. Wnaiff o ddim drwg."

Daethant o hyd i Fernand Jaffar yn eistedd dan y cerflun o goeden balmwydd y tu allan i'r bwth coch ar y pier. Roedd darn o bren yn ei law ac roedd wrthi'n brysur yn ei naddu a'i siapio gyda chyllell finiog.

"Hoi, pa hwyl, Oncle Fernand? Dyma hi Alwen sy'n byw i fyny fan'cw ar y Gogarth. Merch Morfa Isaf ..."

"Helô, Alwen!" Cododd Fernand ei law a gwenu'n gyfeillgar.

"Dach chi'n brysur yn cerfio," meddai Alwen. "Be ydach chi'n 'i wneud?"

"O!" Edrychodd Fernand ar y gwaith yn ei ddwylo. "Dydi o ddim yn debyg i ddim byd hyd yn hyn – ond draig goch fydd hwn yn y diwedd, gobeithio."

"Draig goch! Do'n i ddim yn disgwyl rhywbeth felly gan ddyn o'r Chagos!" meddai Alwen.

"Cwsmer wedi gofyn!" Gwenodd Fernand. "Ac mae'r cwsmer bob amser yn iawn oherwydd mae arian yn siarad!"

"Mae Alwen yn ceisio meddwl am syniad da i'w awgrymu i'r cyfarfod nos Wener beth ddylen ni ei osod ar yr ynys ar y groesffordd," eglurodd Olivier.

"Draig goch, falla?" cynigiodd Alwen.

"Rydw i'n cerfio draig goch bob yn ail ddiwrnod," meddai Fernand. "Peidiwch â 'nghamddeall i. Mae'n greadur gwych.

Mae'n hen, mae'n chwedlonol, mae'n chwythu tân, mae'n llawn ysbryd. Ond efallai fod digon o ddreigiau cochion yma – hyd yn oed yn Llandudno. Falle fod eisiau rhywbeth gwahanol. Mwy arbennig. Rhywbeth sy'n dweud stori'r Gogarth a'r tir comin."

"Dwi'n siŵr eich bod chi wedi taro'r hoelen ar ei phen, Fernand," meddai Alwen.

"Ond gan ein bod ni'n siarad am nos Wener, Olivier – ti'n gwbod pwy fyddai'n caru bod yn bresennol yn y cyfarfod? Un y byddai hanes Llandudno yn cyffwrdd â'i chalon? Yn frwdfrydig iawn dros yr ymgyrch yma i roi sylw i'r gwir hanes ac i gofio sut y cafodd pobl gyffredin eu trin?"

"Wnes i ddim meddwl, Oncle Fernand."

"Ie, ti'n iawn. Dy Grand-mère, Mimose Jaffar. Mi fyddai ganddi hi rywbeth i'w ddweud yn y cyfarfod."

Pennod 16

Ddydd Mawrth, dechreuodd Alwen ei thaith gyda'r posteri yn siop Charli Tships ei hun.

"Bora da Alwen, dwyt ti ddim yn gweithio heddiw, wyt ti?"

"Na, Mr Tsh ... Chichester. Dod yma i ofyn i chi roi poster yn y drws yr ydw i, os gwelwch chi'n dda."

"Gad i mi weld be sy gen ti."

"Dyma fo – cyfarfod cyhoeddus yn y Westminster Hotel nos Wener ..."

"Aros di funud, ond mae gen i boster ar gyfer hynny ar y drws yn barod, yn does?"

"Oes, Mr Chichester. Ond mae dau beth gwahanol i'w trafod yn y cyfarfod hwnnw."

"Tacluso'r dref – dyna'r peth pwysig, yntê, Alwen?"

"'Dan ni o blaid hynny hefyd. Ond be sy'n digwydd wedyn sy'n ein poeni ni ..."

"Dwi ddim yn deall ... codi obelisg ... pridd yn ôl ... plannu bloda' – beth sy'n bod ar hynny?"

"Cofio stad Mostyn yn adeiladu Llandudno ydi diben yr obelisg, Mr Chichester. Ond mae hynny i'w weld yn amlwg i bwy bynnag sy'n agor 'i lygaid yn y dre' yma heddiw. Mae pob gwesty ar y prom, pob siop a stryd yn ddathliad o hanes creu tref braf yma i roi pleser i bobl yn eu horia' hamdden. Ond dim ond cant a hanner o flynyddoedd o hanes ydi hynny. Beth am yr holl ganrifoedd cyn hynny? Rydan ni'n colli cyfle. Rydan ni'n anghofio am ranna' pwysig o stori Llandudno. Byddai mwy o stori yn creu mwy o ddiddordeb ac yn dod â mwy o bobl yma i ryfeddu at yr hanes ac i ... ac i fwyta tships."

"Wel, dwi o blaid hynny, wrth gwrs. Ond pa stori ydi hon, Alwen?"

Ac adroddodd Alwen hanes pentref Morfa Isaf wrth ddyn y siop tships.

"O, smyglars, pysgotwyr a meinars, Alwen? Cyffrous iawn ... ac yn codi tai dros nos! Doeddwn i erioed wedi clywed am hynny o'r blaen."

"Ac yn cydweithio, cyd-fyw, Mr Chichester. Criw bychan oedden nhw a lle garw oedd Morfa Isaf a'r Gogarth – doedd hi ddim yn hawdd crafu byw yma. Ond drwy rannu beichia' 'i gilydd, cydgodi cartrefi, rhwyfo'r cychod gyda'i gilydd, tynnu'r rhwydi ar y cyd, gofalu am ei gilydd ym mheryglon y pyllau gwaith copr ... roedden nhw'n creu cymdeithas glòs yma drwy wneud hynny. A dyna rydan ni angen ei weld yn Llandudno heddiw, yn dyden, Mr Chichester. Rydan ni angen cydweithio. Rydan ni angen ysbryd Morfa Isaf yma, Mr Chichester!"

Gwrandawodd Charli Tships yn gegrwth ar y ferch ifanc yr oedd wedi arfer meddwl amdani fel morwyn cario platiau sgod a sglods.

"Alwen fach, mae'n rhaid i ti fynd yn ôl i'r ysgol a gweithio'n galed – a rhyw ddiwrnod ti fydd Prif Weinidog Cymru! Wrth gwrs y gwna i roi'r poster ar y drws. Edrych – fe symuda i boster y Mostyns i'r gwaelod a rhoi dy boster di ar lefel llygaid y cwsmer sy'n dod drwy'r drws. Dyna ni!"

Gadawodd Alwen gyda gwên. Yn fwy na hynny, gadawodd yn llawn hyder. Roedd wedi bod yn ymarfer yr araith honno yng nghwmni Meira yn ei llofft yn gynharach y bore hwnnw. Doedd hi ddim ond wedi cael ychydig o ebychiadau cysglyd yn ymateb gan ei chwaer, ond roedd hi wedi paratoi ei geiriau. Dyna oedd yn bwysig. Aeth ar draws y stryd i'r siop lyfrau.

Yna i'r siop fara. Wedyn caffi, dwy siop elusen, siop esgidiau, siop nwyddau trydan – a chael derbyniad gwresog ym mhob un. Siopau bach annibynnol oedd yn y stryd hon – y perchnogion oedd yn gweithio ynddyn nhw ac felly roedd digon o ewyllys da. Penderfynodd Alwen y byddai'n mentro mynd i'r brif stryd – i Stryd Mostyn ei hun ar ôl hynny. Roedd y siopau'n fwy yn fan'no ac roedd y rheolwyr ymhellach o'r cownter, ymhellach oddi wrth y cwsmeriaid. Cymerai fwy o amser i Alwen gyrraedd at y person a wnâi'r penderfyniadau. Ond unwaith eto, roedd yn hapus gyda'r rhan fwyaf o'r ymateb, er bod rhai, wrth gwrs, yn nerfus ac yn negyddol.

"O, wn i ddim wir. Ydi hyn ddim yn golygu ein bod ni'n mynd yn groes i ddymuniad y Mostyns?"

"Dwi'n siŵr fod y Mostyns eisio mwy o bobl i ddod i Landudno yn ogystal."

"Mae les y siop yma'n cael ei hadnewyddu yn y deng mlynedd nesa – does gen i ddim eisio troi'r drol a deud y gwir. Na, well i ni gadw at un poster. Fe gaiff pobl fynd i'r cyfarfod a gwneud eu penderfyniad eu hunain sut y byddan nhw'n pleidleisio wedyn."

"Fyddwch chi'n mynd i'r cyfarfod?"

"Yy ... o, na ... alla' i ddim mynd yno nos Wener – mae ganddon ni noson godi arian yng Nghlwb Golff Maes Du ..."

"Popeth yn iawn! Pob hwyl!"

Er ei bod wedi cerdded i fyny ac i lawr y strydoedd am oriau, roedd sioncrwydd yn ei cham pan gyrhaeddodd gownter ei mam yn y llyfrgell ddiwedd y bore hwnnw.

"Y posteri wedi mynd i gyd, Mam!"

"Hanner cant ohonyn nhw? Mi wnest ti'n dda. Hei, ti'n barod am ginio, dwi'n siŵr. Rho ddeng munud i mi ac mi gei di ddod efo fi. Bryna i ginio inni yn y Caffi Gwyrdd."

Dros ginio, aeth y sgwrs i sôn am stori Olivier ac am hanes yr Ynysoedd Chagos a thrueni'r bobl oedd wedi'u hel o'u cartrefi.

"Nid rhywbeth sydd wedi'i roi mewn llyfra' hanes ac wedi darfod amdano ydi'r math yma o beth," meddai Morfudd Owen. "Dyna'r drwg. Rydan ni'n anghofio'r hyn ddigwyddodd, ac yna mae'n digwydd o hyd ac o hyd – ac mae'n gwaethygu bob tro."

"Dwi'n gweld hynny hefyd, Mam. Deddf yn senedd Llundain a'r Mostyns yma yn Llandudno – ac wedyn milwyr Prydain ac America yn y Chagos. Yr eliffant mawr yn sathru ar y morgrug bach ydi hi o hyd ac o hyd, yntê?"

"Mae'n biti na fyddai rhywun yn medru adrodd stori ynyswyr y Chagos yn y cyfarfod nos Wener," meddai Morfudd. "Mi fyddai hynny'n dod â'r peth yn fyw. Yn ei wneud yn berthnasol i ni heddiw. Yn gwneud Morfa Isaf yn rhan o hanes y byd hefyd."

"Ydi, mae hynny'n wir, Mam. Does neb wedi clywed am hyn, yn nag oes?"

"A newydd ddigwydd mae o."

"Mae'n friw agored o hyd, Mam. Mae'r bobl yma eisiau mynd adre."

"Fyddai Olivier yn medru deud ei stori?"

"Mae o'n ei deud hi'n dda iawn – ond dydi o 'rioed wedi

gweld y Chagos. Stori ail-law ydi hi. Yr un fath â mai stori llyfr hanes ydi'r hyn ddigwyddodd i Morfa Isaf. Dim ond diolch fod Nain Cwlach yn medru dod â darnau o hanes ein teulu i ni a gwneud y cyfan yn fyw ..."

"Be am nain Olivier?" gofynnodd Morfudd.

"Grand-mère Mimose Jaffar?"

"Mi fyddai hi'n medru dod â'r hanes yn fyw!"

"Mi fuaswn i wrth fy modd yn ei chyfarfod hi ac yn clywed ei stori – er mor drist ydi hi. Dwi'n siŵr y byddai hi'n rhoi nerth i ni."

"Oes dim modd iddi ddod draw?"

"Mae hi'n byw ym Manceinion, Mam."

"Mi fyddai hi'n cael aros noson neu ddwy ..."

"Ble, Mam? Does ganddyn nhw ddim pres i dalu am westy. Mae Olivier a'i ewythr yn cysgu mewn byncs mewn cwt ar y prom ..."

"Acw?"

"Wel, mi fuaswn i'n fodlon cysgu ar y soffa. Ond fyddai'n deg iddi rannu llofft efo Meira?" holodd Alwen.

"Wn i! Nain a Taid Cwlach. Mae ganddyn nhw ddwy lofft sbâr. Geith Nain Olivier fynd i un ac mi gaiff Olivier fynd i'r llall i helpu i edrych ar ei hôl hi."

"Wyt ti'n siŵr, Mam?"

"Ga i air efo dy dad heno. Mi fyddet ti'n medru mynd yno i helpu i wneud brecwast iddyn nhw ac mi wna inna' swper ..."

"Mi a' i chwilio am Olivier i weld be mae o'n 'i feddwl o hyn i gyd. Wedyn rhaid i mi fynd i serfio tships am bedwar."

"Tyrd yn ôl i ddeud wrtha i pnawn 'ma be ydi barn Olivier."

* * *

Tra oedd hyn yn digwydd, cafodd Charli Tships ddau ymwelydd annisgwyl.

"Pnawn da, Charles," meddai Robert Mostyn Lloyd.

"Ond da i ddim i rai," meddai William Mostyn Hughes.

"Newyddion ffug o gwmpas y dref!"

"Posteri celwyddog!"

"Pnawn da fechgyn," meddai Charli Tships. "Llawer o bobl o gwmpas y dref, yn does. Mae'n haf da ..."

"Ydyn ni eisio dychryn y bobl dda yma, Charles?" gofynnodd Robert.

"Ydyn ni eisio iddyn nhw amau mai hwligans *rough and ready* yn byw y tu allan i'r gyfraith wnaeth sefydlu'r dref urddasol yma?"

"Adeiladu slap-dash, talcen slip ..."

"Dim *building regulations* ..."

"Dim safonau na chynlluniau iechyd a diogelwch i'r cyhoedd ..."

"Dim Maer, hyd yn oed!"

"Fyddech chi'n hoffi bod yn Faer rhyw dro, Charles?"

"Fe allen ni eich cefnogi chi i sefyll ar Gyngor y Dref ..."

"Rŵan, beth am dynnu'r poster newyddion ffug i lawr?"

"A rhoi'r poster cywir yng nghanol y drws?"

"Rydych chi'n mynd o gwmpas pob siop i ofyn iddyn nhw i wneud hyn?" gofynnodd Charli Tships. "Neu ai dim ond gofyn i mi gael gwared â'r poster ydych chi?"

"Pob siop, Charles. Pob ffenest a chownter a drws lle mae'r posteri celwyddog."

"Ac mae'n debyg eich bod chi'n cynnig cefnogi pob siopwr i fod yn Faer?"

"Wel ... y ..."

"Dydd da, fechgyn. Fel rydych chi'n gweld, mae gen i lond fy nwylo. Mae'n dipyn o job gwneud diwrnod gonest o waith."

* * *

Daeth Olivier i'r siop tships am swper y noson honno. Roedd Alwen wedi cael sgwrs sydyn gydag o cyn iddi ddechrau ar ei shifft. Roedd yntau'n hoffi awgrym Morfudd Owen, ond doedd ganddo ddim syniad sut y byddai'i fam a'i nain yn ymateb. Pan ddaeth Alwen at ei fwrdd, roedd y wên ar ei wyneb yn dweud y cyfan.

"Mae Grand-mère Mimose wrth ei bodd! Mae hi'n ysu am weld y môr unwaith eto, yn ôl Mam," meddai wrth Alwen.

"Ydi hi am ddod draw felly?"

"Dwi'n mynd ar y trên i'w nôl hi bnawn dydd Iau. Gaiff Mam a Dad ddim amser i ffwrdd o'r gwaith. Maen nhw'n gorfod gweithio'n galed iawn. Mi wna i weithio tan ddeg, mynd i'w nôl hi ac wedyn mynd â hi yn ôl i Fanceinion ddydd Sadwrn."

"Mae Mam wedi galw rhyw hanner awr yn ôl hefyd. Dad yn cytuno efo'i syniad hi. Taid a Nain Cwlach yn edrych ymlaen at ei chroesawu hi hefyd ar ôl iddyn nhw glywed yr hanes."

"Aros di nes byddi di'n cyfarfod Grand-mère Mimose! Fydd Llandudno fyth yr un fath eto!"

Pennod 17

Ychydig wedi tri ar y pnawn Iau, roedd Alwen yn sefyll wrth y giât yn disgwyl i'r trên gyrraedd platfform gorsaf Llandudno.

Toc, daeth y cerbydau i'r golwg rownd y tro gan unioni tuag ati ar hyd y platfform clir. Dyma ben draw'r lein.

Yna, gwelodd Alwen y ddau ohonyn nhw. Hyd yn oed pe na fyddai Olivier yn cydgerdded gyda Nain Chagos, byddai Alwen wedi'i hadnabod yn syth. Roedd yn wraig dal, reit lydan, a'i chroen du yn sgleinio. Edrychai'n hyfryd gan ei bod yn gwisgo top melyn a sgert oren, ei gwallt yn drwchus a chyrliog a hwnnw'n donnau dros y band lliwgar oedd ganddi am ei phen. Cariai fag llaw – rhyw rolyn o fag, tebyg i fag chwaraeon, ond ei fod wedi'i wneud o ddefnydd tebyg i hwyl llong. Cerddai linc-di-lonc yn hapus, a phan bwyntiodd Olivier ati hi, Alwen, yn sefyll wrth y giât, tasgodd gwên fawr dros ei hwyneb a chwifiodd ei llaw'n llon arni.

"Wel, alô!" meddai wrth ddod yn ddigon agos, gan roi ei breichiau am Alwen a'i gwasgu'n dynn. "A dyma Alwen, merch y Morfa! Mae Olivier wedi dweud popeth amdanat ti. Tydi o ddim wedi cau'i geg yr holl ffordd yma ar y trên, a dweud y gwir! Edrych ymlaen at ddod i dy adnabod di fy hun. Ond hei, ble mae'r môr – alla i weld y môr yn gyntaf, os gwelwch chi'n dda?"

"Syth i fyny'r stryd yma!"

Arweiniodd Alwen y ffordd allan o'r orsaf, i fyny Stryd Vaughan, croesi Stryd Mostyn ac ymlaen at y prom.

"O! Rwy'n gallu ogleuo'r môr yn barod!" meddai nain Olivier. Rhoddodd sgip a dawns fechan.

Ceisiodd Alwen gofio faint oedd oed y wraig hon. Roedd yn siŵr fod Olivier wedi dweud bod ei nain yn saith deg tri oed. Saith deg tri! Roedd hi'n ysgafndroed fel rhywun chwarter yr oedran yna, meddyliodd.

"Roedd yn rhaid i mi ddod," esboniodd Mimose Jaffar. "Pan glywais i 'mod i'n cael cyfle i ddod i fynwes y môr unwaith eto, roedd yn rhaid, rhaid i mi ddod yma."

Yna, difrifolodd.

"Cofia di, Alwen, pan ddwedodd Olivier beth oedd diben yr ymweliad, fe fyddwn i wedi dringo i ben mynydd pe gallwn i fod o unrhyw gymorth. Ond gorau i gyd ein bod ni ar lan y môr!"

Trodd at Alwen yn sydyn.

"Ond ble mae Gel? Mae Olivier wedi bod yn siarad a siarad am Gel hefyd. Ydw, rydw i'n caru'r môr, ond rydw i'n caru cŵn yn angerddol hefyd. Ro'n i'n gobeithio y byddai Gel yma i 'nghroesawu i."

"Mae'n ddrwg gen i, Madame," meddai Alwen. "Rhaid i mi fynd i'r gwaith mewn llai nag awr. Doedd gen i ddim amser i fynd â'r ci adre a dod i'r orsaf wedyn. Ond mi ddof â Gel efo fi i gael brecwast efo chi i gyd yn Cwlach ben bora fory."

"Rhywbeth arall i freuddwydio amdano felly!" meddai'n llawen. "A hei, dwi'n hoffi'r lle yma! Edrychwch ar y clogwyni gwyn yna ar y mynydd acw – ac ar y penrhyn bach y tu ôl i ni. A waw, dyma resaid crand o hotels! Ac mae 'chydig o goed palmwydd yn tyfu yma a thraw."

"Awn ni ar hyd y prom i'r pier acw, Grand-mère? Mi fydd

Oncle Fernand yn disgwyl amdanon ni. Gewch chi weld y siop fach a lle'r ydan ni'n byw."

"O, edrych ymlaen at weld Fernand. Methu aros. Ac Alwen ..." Plethodd Nain Chagos ei braich am fraich y ferch. "Rhaid i ti ddangos lle'r oedd hen bentre Morfa Isaf i mi. O, mae'r stori yma wedi mynd at fy nghalon i, does gen ti ddim syniad ..."

Cerddodd y tri fraich ym mraich. Wrth basio ambell westy, enwai Alwen y tŷ unnos oedd yn y fan honno yn 1850. Ymlaen ac enwi un arall.

"Enwau tlws, enwau tlws," meddai Mimose Jaffar, gan edrych yn ôl ar enwau rai o'r gwestai. "Gwell nag Imperial a Marine a St George's! A lle oedd tŷ dy deulu di?"

"Allwn ni droi i lawr y ffordd yma ac wedyn dilyn y stryd gul acw yng nghefn y gwestai."

"Beth oedd enw'r tŷ eto?"

"Simnai Gerrig. Roeddan nhw'n gymdogion i deulu Tŷ Isaf, y bwthyn sydd wedi rhoi'i enw ar yr ali gul yma. Dydych chi ddim eisio cerdded ar hyd hon, ydych chi? Mae hi'n drewi. Dim ond sgips a biniau a drysa' cefna sydd yma."

"Ydw, ydw, mae'n rhaid inni gerdded ar hyd y tir oedd yn perthyn i'r teulu. Dewch!"

Gweodd y tri eu ffordd heibio'r sbwriel a'r faniau.

"Ie, dyna'r gwir bob amser," meddai Mimose gan oedi i syllu ar gefnau gwestai'r prom. "Paent, palmwydd, pensaernïaeth wych ar ochr y môr lle mae pawb yn eu gweld, ond yng nghefn yr adeiladau crand mae stori wahanol. Mae'n bwysig mynd o dan yr wyneb, yn dydi, bobl ifanc? Y tu ôl i'r propaganda, mae'r gwirionedd. Edrychwch ar yr holl beips gwastraff sydd fel llinellau map ar gefn yr adeiladau yma."

Yn y diwedd, daethant i ben pellaf Ffordd Tŷ Isaf gan sefyll ar balmant y Parêd eang a gosgeiddig.

“Dacw hi’r ynys ar y groesffordd, Grand-mère. Welwch chi’r bariers coch acw? Tu ôl i’r rheiny mae’r cerrig sydd wedi’u gosod yn y ddaear gan yr hen drigolion.”

“Gadewch i ni fynd i sefyll atyn nhw i ni gael golwg iawn.”

“Ond Madame Mimose Jaffar ...” dechreuodd Alwen.

“Galw fi’n Nain Chagos, cyw. Dyna ddwedodd Olivier beth oedd dy enw arna’ i – ac rydw i’n ’i hoffi yn fawr iawn!”

“Nain Chagos, dydi hi ddim yn hawdd croesi’r ffordd yma. Mae traffig yr haf yn drwm. A does yna ddim palmant ar yr ynys yn y canol inni sefyll yn ddiogel ...”

“Twt, twt. Fydd hynny ddim problem, gewch chi weld.”

Ar hynny cododd ei braich i’r awyr a’i hysgwyd fel bod ei thop melyn yn tynnu sylw’r gyrwyr. Arafodd car, stopiodd un arall.

“Dewch!” galwodd gan gamu i ganol y ffordd.

Brysiodd y ddau arall o boptu iddi a chyrraedd y barier, gan droi yn ôl i foesymgrymu a rhoi gwên ddiolchgar i yrwyr y ceir.

“A! Dyma’r cerrig. Hen gerrig yr hen deuluoedd! Maen nhw’n edrych yn hardd.”

Edrychodd Nain Chagos ar yr olygfa heb hitio taten fod ambell gar yn canu corn arnyn nhw.

“Mae’r cerrig yma yn dod yn fyw i mi,” meddai ymhen sbel. “Maen nhw wedi cael eu claddu o dan y pridd ers blynyddoedd, ond rŵan maen nhw’n anadlu eto. Maen nhw’n siarad gyda ni. Maen nhw’n adrodd stori wrthon ni ac wrth ein plant. Dyna ran o’r hyn rydw i’n ei golli am ein hynysoedd ni, yntê, Olivier. Mae’n tai ni wedi’u claddu gan y jyngl erbyn hyn, mae’n siŵr.

A'r ysgol, a'r fynwent, a'r gweithdai – y cyfan. Mae'n bywydau ni wedi cael eu dwyn oddi arnon ni – ac oddi ar ein plant, oddi ar Olivier fan hyn. Dewch – rydw i wedi gweld digon."

A gwibiodd Nain Chagos ar draws y groesffordd unwaith eto gan chwifio'i breichiau melyn fel melin wynt.

Pan gawsant eu gwynt atynt ar gornel Stryd Mostyn, dywedodd Alwen ei bod yn ddrwg ganddi ond ei bod hi'n amser iddi hi fynd i'w gwaith yn y caffi.

"Popeth yn iawn, Alwen annwyl! Gwaith yn galw – deall yn iawn. Awn ni i'r pier rŵan a bydd yn braf gweld yr hen Fernand. Ac wedyn mae Olivier yn mynd â fi i weld dy fam yn y llyfrgell, a byddwn ni'n edrych ymlaen i fynd wedyn at dy grand-mère a grand-père!"

"Wela i di yn y bora, Olivier," meddai Alwen.

"A chofia ddod â'r ci coch!" gwaeddodd Nain Chagos ar ei hôl.

* * *

Er na chyrhaeddodd ei gwely tan yn hwyr y noson cynt gan fod mwy o waith clirio nag arfer yn y caffi, roedd Alwen wedi deffro'n gynnar fore Gwener. Cododd i rannu bwrdd brecwast gyda'i chwaer.

"Ges i fy synnu gan y derbyniad da pan es i rownd y siopwyr efo'r posteri ddoe, Meira."

"Mae'r rhan fwya ohonyn nhw'n deall hanes y Mostyns yn y dre' yma'n dda iawn."

Adroddodd Alwen yr araith a ddefnyddiodd i geisio dwyn perswâd ar y siopwyr i ddangos eu poster.

"Ydy, mae hynny'n deud petha' fel y maen nhw," cytunodd Meira.

"Welais i Sylwen Huws ar fy nhaith o gwmpas y dre' hefyd. Mae ganddi hi dipyn o waelod, w'sti."

"Oes, siŵr – mae hi wedi deall yr hanes, mae'n amlwg. A does ganddi ddim ofn tynnu blewyn o drwyn neb!"

"Mae hi am ddod i'r cyfarfod heno," meddai Alwen. "Mae ganddi syniad i'w gynnig. Ond doedd hi ddim am ddeud dim cyn hynny. Nid nad ydi hi'n trystio ni – dydi hi ddim wedi cael rhyw wybodaeth dechnegol eto. Bydd honno ganddi heno, meddai hi. Wnei di gofnod manwl i mi o'i chynnig hi i mi, Meira?"

"Gwna i, debyg iawn."

"Dwi am godi rŵan a mynd â Gel am dro cyn i ni fynd i Stryd Cwlach am frecwast 'ta."

"O, brecwast efo teulu Chagos ia?!"

"Na, mynd i weld bod Taid a Nain yn ..."

"Dos di! A chofia fi at bawb. Rhaid imi fynd am y tships 'na."

Wedi troi i fyny am ffermdy Llwyn yr Ychain a rowndio Penmorfa, roedd Alwen a Gel wrth ei sodlau'n curo ar ddrws ei nain a'i thaid yn Stryd Cwlach am wyth o'r gloch.

"Ydi'n rhy fore i mi alw?" gofynnodd i'w thaid pan ddaeth Arthur Owen i ateb y drws.

"Bobl annwyl, nac ydi! Mae Nain Chagos ar ei thraed yn sgwrsio gydag Elisa ers oria'. Y ddwy yn fêts ers dyddia' ysgol gynradd, fuaset ti'n feddwl. Dach chi am ddod i ..."

Ar hynny dyna Gel yn rhoi cyfarthiad sydyn a saethu ar hyd y stryd gul.

"Gel! Gel! Lle ti'n mynd?" galwodd Alwen.

Yna gwelodd y ddau ohonyn nhw yr hen fwch gafr mawr o'r Gogarth yn crafangu i fyny wal ac eistedd ar ben to fflat gan boeri ar Gel.

"Oho! Gweld un o eifr y Mostyns wnaeth o!" chwarddodd Arthur. "Ac wedi codi dipyn o arswyd ar y sglyfath peth! Da iawn, Gel. Mae'r rheiny yn difa'r bloda' yng ngerddi pawb ar y stryd 'ma. Tyrd yma rŵan, was."

"Arwydd o'r amsera' gobeithio, Taid – codi ofn ar Mostyn?"

"Dewch drwodd, dewch drwodd."

Yn y gegin, roedd Nain Chagos a Nain Cwlach yn eistedd wrth ochrau'i gilydd ac Olivier ar ben y bwrdd wrth ochr ei nain.

"Eistedd fan yna wrth ochr Olivier – mae cig moch yn y badell. Gei di rolsan hwnnw gen i rŵan. Gymri di sosej hefyd?"

"Diolch, Taid."

"A sosej i Gel bach annwyl hefyd, Arthur," meddai Elisa wrth weld y ci'n mynd i orwedd o dan y bwrdd.

"O! Dyma Gel!" meddai Nain Chagos. Mewn dim roedd wedi llithro o'i sedd ac ar ei chwrcwd o dan y bwrdd yn gafael am wddw'r ci ac yn gwneud sŵn maldod yn ei gwddw ac yn galw pob math o enwau anwes dieithr arno. Roedd Gel yn glustiau i gyd ac yn mwynhau'r sylw.

Pan gyrhaeddodd brecwast Gel, cododd Nain Chagos yn ôl i'w sedd.

"Rhaid i gi gael llonydd i fwyta," meddai. Yna, gwelodd y gath yn dod i mewn drwy'r ffenest agored.

"Miaw, tyrd yma at Nain," galwodd gan droi at Alwen ac esbonio. "Mae Miaw a finnau'n hen ffrindiau ers neithiwr."

Daeth dagrau i lygaid Alwen wrth gofio am hanes anifeiliaid anwes yr ynyswyr.

"Roedd Miaw yn cysgu ar ei gwely drwy'r nos," meddai Nain Cwlach.

Wrth rannu'r bwrdd brecwast a'r sgwrs oedd yn sboncio'n hapus o un pwnc i'r llall, teimlodd Alwen fel petai'r ddwy nain a'i thaid ugain mlynedd yn iau. Doedd hi ddim yn cofio'i nain ei hun yn siarad cymaint ers blynyddoedd lawer.

Yna, wrth iddi adael, clywodd ei nain yn dweud,

"O, Miaw bach! Dwyt ti byth wedi cael brecwast! Tyrd efo dy fam i chwilio am lefrith ..."

Pennod 18

Roedd y cefndryd Mostyn yn sefyll y naill o boptu'r drws yn cyfarch a chroesawu'r gynulleidfa i'r stafell gynhadledd yn y Westminster Hotel y noson honno.

"Dewch i mewn! Digon o seddau esmwyth," meddai Robert.

"Fyddwn ni ddim yn hir. Penderfyniad syml," meddai William.

"Wedyn gewch chi i gyd wario eich arian yn y bar!"

"Llymaid bach i ddathlu'n llawen, yntê, gefnder!"

Wyth o'r gloch ar ei ben, cododd Trevor Evans, swyddog twristiaeth a threftadaeth y Cyngor ar ei draed.

"Annwyl foneddigion a boneddigesau ..."

"Annwyl gadeirydd." Trodd y gynulleidfa yn y blaen eu pennau wrth glywed y cyfarchiad annisgwyl yn torri ar draws y swyddog. Gwelsant fod Arthur Owen ar ei draed. Aeth yn ei flaen.

"Mae llawer ohonoch wedi dod yma o bell heno – hen bobl Llandudno ar wasgar. Ond mae un yma sydd wedi dod yn bellach na neb. Rhowch groeso i Mimose Jaffar o'r Ynysoedd Chagos yng nghefnfor India."

Curo dwylo mawr a chododd Nain Chagos gan gerdded tua blaen y stafell. Edrychai'n drawiadol iawn mewn ffrog haf lac laswyrdd a sgarff binc wedi'i chlymu am ei gwallt. Yn ei llaw, cariai ei bag cynfas. Wrth iddi gyrraedd a throi i wynebu'r gynulleidfa, cododd y cefndryd Mostyn bob ochr iddi.

"Esgusodwch fi, cyfarfod i bobl Llandudno ..." dechreuodd Robert.

"Does a wnelo hyn ddim byd â ..." dechreuodd William.

Rhoddodd Nain Chagos ei dwy fraich am ysgwyddau'r ddau a'u tywys yn ôl i'w seddau a dweud,

"Noswaith dda, gyfeillion. Mae'n fraint i mi gael bod yma i ddweud fod y byd wedi dod i Landudno heno."

Cododd ei bag yn uchel a'i ddangos i bawb.

"Rydw i wedi teithio'n bell i ddod yma. Tri deg tri o flynyddoedd yn ôl daeth Mistar Llywodraethwr i'n tŷ ni ar ynys Diego Garcia a dweud bod yn rhaid i bob person lenwi un bag a bod y llong yn gadael yn syth. Un bag i ddal y cyfan oedd gennym. Roedd ein teuluoedd ni wedi byw yno ers dwy ganrif. Un bag a gadael. 'Paid â phoeni,' meddai Philippe fy ngŵr. 'Fyddwn ni'n ôl cyn hir.' Tri deg tri o flynyddoedd ... a dydyn ni byth wedi gweld ein hen gartrefi.

"Fe gawsom ni addewid o dai cystal a bywyd gwell. Gwaith a gardd yn Mauritius. Roedd gorchymyn i alltudio wedi dod o Lundain ac roedd tair blynedd o garchar i bwy bynnag fyddai'n mentro dychwelyd.

"Ond dim tŷ i ni, doedd dim llety i ni yn Mauritius. Slyms y dociau oedd y croeso gawson ni. Roedd rhaid i ni chwilio am y gwaith nad oedd neb arall ei eisiau. Roedd ein plant yn cael eu bwlio yn yr ysgol. Fe gawson ni ganiatâd i godi tai moel yn y diwedd – lle'r oedd ugain yn cysgu mewn un stafell.

"Mae llawer o bobl yn y byd wedi gorfod rhoi popeth mewn un bag a ffoi. Mae'r rheswm pam yn newid o le i le ac o adeg i adeg – newyn, storm, rhyfel, daeargryn. Ond weithiau, gorfodaeth – gorchymyn a gwn. Bydd addewid y bydd popeth yn iawn. Bydd gobaith y bydd pawb yn cael dychwelyd. Ond y gwir yw, mae'r hen bobl yn dechrau marw heb weld eu hen aelwydydd.

"Rydw i wedi clywed hanes Morfa Isaf, Llandudno. Mae gennych chi stori yma y gallwch chi ei rhannu â gweddill y byd. A bydd y byd yn eich caru chi os gwnewch chi ei rhannu hi. Bydd yn dangos bod gennych chi galon fawr tuag at yr holl bobl sydd wedi gorfod mudo, gorfod symud, gorfod chwilio am le newydd. Peidiwch â chladdu'r stori yma, bobl Llandudno!"

Cododd ei bag uwch ei phen. Cododd ei llaw arall i gydnabod y gymeradwyaeth fawr gan y gynulleidfa. Gwenodd a dychwelodd i'w sedd.

Neidiodd y cefndryd Mostyn ar eu traed.

"Reit, gawn ni ddod yn ôl at y drefn ..." dechreuodd Robert.

"A'r peth nesaf ar yr agenda yw ..." dechreuodd William.

Er mawr syndod i Morfudd a Tomi Owen, cododd Meira ar ei thraed. Gafaelodd ym mraich Nain Cwlach a'i harwain i'r blaen.

"Mae gan fy chwaer rywbeth i'w ddeud – ond dydy hi ddim yma. Felly mi wna i hyn ar ei rhan. Ers dyddia' rŵan, mae'r hyn ddigwyddodd i hen bentra Morfa Isaf – hen bentra teulu Nain Cwlach fan hyn – wedi bod yn llenwi meddwl a bywyd Alwen a finnau. Mae Nain Cwlach wedi adrodd y stori a 'dan ninnau wedi gwrando. Ac rydw i eisio i chitha wrando arni rŵan. Cof Nain Cwlach sydd wedi gofalu fod y stori yn fyw i ni heddiw.

"Glywsoch chi stori Nain Chagos. Mae'n hanes truenus a'r hyn sy'n ei wneud yn drist iawn yw bod hyn wedi digwydd yn ein hoes ni. Mae'r bobl yma'n dal i ddioddef – dydi'r plant ddim yn cael mynd adre. Ond wyddoch chi beth mae ynyswyr Chagos yn ei ddeud am bentra Morfa Isaf? Hyn: 'Yr un stori ydi hi. Pobl yn cael eu hel o'u cartrefi. Pobl heb hawlia'. Ugain tŷ a chant dau ddeg pump o bobl oedd ym Morfa Isaf; dwy fil o ynyswyr yn y Chagos – ond yr un dwrn, yr un tristwch, yr un dwyn. Digon gen i. Nain Cwlach piau'r hanes."

Symudodd Meira o'r naill ochr er mwyn i'w nain fod yng nghanol y stafell. Ond daliodd i afael yn ei braich. Dechreuodd Nain Cwlach ddweud ei stori mewn llais distaw. Aeth y lle yn hollol dawel. Ni fentrodd ambell un dynnu anadl, hyd yn oed. Cryfhaodd llais Nain Cwlach wrth fynd yn ei blaen:

"Beth sydd wedi'i golli wrth golli Morfa Isaf? Criw bychan oedd yn yr hen bentra, a garw oedd crafu byw yma. Ond roedd pawb yn rhannu beichiau'i gilydd ac roeddan nhw wedi creu cymdeithas. A dyna rydan ni ei angen yn Llandudno heddiw ... heno ... cydweithio, cydofalu am ein gilydd, rhannu ein stori ar y cyd. Dod â'n hanes go iawn yn fyw unwaith eto. Er mwyn Alwen a Meira ... a phawb arall."

Cerddodd Nain Cwlach yn ôl yn dawel i'w sedd.

Cododd y rhan fwyaf o'r dyrfa ar eu traed i roi cymeradwyaeth fyddarol i'r geiriau roedden nhw newydd eu clywed.

Edrychodd Trevor Evans ar y Mostyniaid a chodi ei ysgwyddau. Edrychodd y cefndryd ar ei gilydd a chodi'u hysgwyddau hwythau.

Wedi i ferw'r gynulleidfa setlo, cododd Sylwen Huws gan gario cês du i'r blaen.

"Noswaith dda, gyfeillion. Fy enw i ydi Sylwen Huws ac rwy'n cynrychioli archaeolegwyr y sir ar y prosiect yma. Y fi wnaeth archwiliad o'r cerrig a chasglu gwybodaeth lafar leol am yr hanes y tu ôl iddyn nhw. Mae hen enwau – enwau na allwch eu gweld dim ond ar fapiau a dogfennau mewn stafelloedd ymchwil mewn llyfrgelloedd ac archifdai – yn perthyn i'r cerrig yna. Er mor werthfawr ydi sefydliadau o'r fath, mae angen gwneud ymdrech gyson i geisio dod â hanes yn fyw i drwch y boblogaeth.

"Mae angen weithiau i'r cudd fod yn eiddo cyhoeddus. Mae cyfle i wneud hynny mewn rhai mannau. Mae Amgueddfa Werin Cymru yn Sain Ffagan yn enghraifft wych o ble mae hynny'n digwydd. Mae'n stori ni'n troi'n ddrama awyr agored yno. Mae'n hanes ni yn cael anadl newydd. Mae cyfle i wneud hynny ar yr ynys ar y groesffordd."

Agorodd Sylwen y cês du ar y bwrdd o flaen y gynulleidfa. Tynnodd rywbeth tebyg i lyfr metr o daldra allan o'r cês. Agorodd hwnnw ar y bwrdd fel bod dwy ochr yn wynebu'r dorf.

"Golygfa o Sain Ffagan ydi hon," meddai. "Flynyddoedd yn ôl fe wnaeth yr amgueddfa gyflenwi deunyddiau adeiladu traddodiadol ac yna gwahodd criw o bobl ifanc i ymuno gyda chrefftwyr Sain Ffagan i godi 'tŷ unnos'. Yr unig beth oedd yn wahanol oedd eu bod nhw wedi gwneud hynny yn ystod y dydd. Llwyddwyd i godi tŷ rhwng gwawr a machlud a chael mwg i godi drwy'r simnai cyn i'r haul fynd i lawr.

"Dyma rydw i'n ei gynnig ar gyfer yr ynys – ein bod ni fory yn casglu tomen o gerrig ar gyfer simnai, tyweirch ar gyfer waliau isel, broc môr o'r traethau ar gyfer trawstiau a gwellt a hesg a brwyn o'r twyni i doi. Ein bod ni wedyn yn hel criw o wirfoddolwyr ac yn codi tŷ unnos ar yr ynys i gofio am bentrefwyr Morfa Isaf, a defnyddio'r hen feini a rhoi enwau'r tai a ffermydd a gafodd eu dymchwel yn gylch ar wal yr ynys bresennol."

Agorodd y 'llyfr arddangos' i ddwy dudalen arall oedd yn dangos copi mawr o'r darlun o dŷ unnos a wnaed gan Olivier.

"Does dim angen seiliau arnon ni – mae gennym gerrig Morfa Isaf ar yr ynys yn barod. Does dim angen pensaer arnon ni – mi allwn weithio oddi wrth y copi ardderchog yma o hen lun o un o dai'r Morfa gan Olivier Jaffar ..."

Pesychodd Trevor Evans yn sydyn a hanner codi ar ei draed.

"Efallai fod gennych chi blan ond does gennych chi ddim planning," meddai. "Mae'n rhaid i bwyllgor cynllunio trefol a sirol y cynghorau edrych ar gais fel hyn a ..."

Torrodd Sylwen Huws ar ei draws a suddodd yntau'n raddol yn ôl i'w gadair.

"Yr hyn sy'n wych am y cynllun yma ydi mai theatr a threftadaeth ydi o. Y drwg efo hanes ydi ei fod o'n perthyn i'r gorffennol. Yma, mae cyfle inni bontio ar draws y blynyddoedd. Mi allwn fod yn drigolion Morfa Isaf unwaith eto. Tir rhydd oedd hwn, tir pawb. Mi godwn y tŷ unnos heb ganiatâd – oherwydd doedd dim rhaid iddyn nhw gael caniatâd. Dyna oedd eu hawl. Hawl i gael aelwyd. Ond cyn cael codi tŷ unnos, rhaid cael criw. Oes gennyn ni griw?"

Sam Llanast oedd y cyntaf ar ei draed.

"Mae fy Jac Codi Baw i ar gael drwy'r dydd fory i hel a chario deunydd. Mae cerrig rhydd yng ngwaelod clogwyni Chwarel yr Esgob a Chwarel Rofft. Goda i rheiny."

"Ddo' i â nhw i lawr i'r ynys gyda'r dympar." Oedd, roedd Meic Dympar wedi neidio ar ei draed.

Cododd Arthur Owen ar ei draed.

"Mi fydda i'n mynd am dro ar hyd glannau gorllewin y Gogarth a'r aber yn aml. Mae dipyn o foncyffion coed ar hyd

Penmorfa – rhai wedi'u cario gan gerrynt y môr a rhai wedi dod i lawr afon Conwy. Maen nhw'n cael eu dal yng nghesail y Gogarth yma ..."

"Awn ni i fan'na ar ôl gorffen yn y chwareli," cynigiodd Sam.

"Y fi ydi capten merched Clwb Golff Maes Du," meddai gwraig urddasol ei golwg. "Mae'r clwb wedi bod yn ailgynllunio lawntiau newydd o'r hesg ar y twyni ac wedi chwalu rhai o'r hen lawntiau. Mae hen ddigon o sypiau o dyweirch ar hyd yr ymylon ac mi wnân nhw'n iawn ar gyfer y waliau."

"Fedra i ddim mynd i dorri hesg fory oherwydd dwi'n gweithio," meddai Meira. "Ond dwi'n gwbod y bydd Alwen yn fodlon mynd i gael deunydd i'r to."

"Mi wna i ei helpu," meddai Olivier.

"A fi," meddai Breian Tan yr Ogof.

"Dw inna' ar gael," meddai Jona.

"Faint o'r gloch?" Yn fuan iawn roedd hanner dwsin o bobl ifanc wedi gwirfoddoli i dorri a rhwymo hesg a brwyn o'r twyni.

"Mi wna i a rhai o fois ffyrdd y Cyngor edrych ar ôl y traffig, fel ffafr amser hamdden," meddai Ylwch-chi-fi.

"Ac fe wnawn ninnau'r tân pan fydd popeth yn barod, yn gwnawn, Elisa?" meddai Mimose Jaffar.

Roedd wyneb Elisa fel yr haul.

"Torra di'r priciau'n ddigon gofalus i mi, Arthur, ac mi wna i dân gwerth chweil pan fyddan nhw wedi gorffen codi'r simnai!"

Pennod 19

Pan orffennodd Alwen ei gwaith yn y caffi ddiwedd pnawn Llun, brysiodd draw i'r ynys ar y groesffordd. Gan fod eu shifftiau wedi'u cyfnewid ar ddechrau wythnos arall, roedd Meira yn rhydd hyd bedwar o'r gloch ac roedd hi wedi bod gyda'r criw yn adeiladu'r tŷ unnos ers ben bore.

"Mae'r trawst ar hyd crib y to yn ei le," meddai wrth Alwen. "Y gweddill i'w codi ac wedyn dechra' ar y to."

O'r diwedd, roedd Alwen yn rhydd. Rhedodd i fyny Stryd y Capel am Ffordd Gloddaeth. Wrth droi'r gornel a gweld y groesffordd am y tro cyntaf, cafodd ei synnu wrth weld faint o gynulleidfa oedd yn sefyll ar gorneli'r strydoedd yn edrych ar y gwaith o godi'r bwthyn.

"Mummy, Mummy, what they doing there with the JCB?"

"Lifting the last timbers for the roof, Benjie darling."

"But it's all bent and crooked, Mummy!"

"It's a traditional cottage, darling. That's how it should be, Jasmine."

"Mummy, Mummy, I want to live in that cottage! Can I, Mummy?"

Wrth iddi weithio ei ffordd drwy'r dyrfa, gwelodd Alwen fod Sylwen Huws yn dosbarthu taflenni ymysg y trigolion a'r ymwelwyr.

"Mi dderbyniais i dy awgrym di, Alwen," meddai Sylwen wrthi.

Edrychodd Alwen ar y daflen. Ar y top roedd copi o'r darlun a luniodd Olivier o'r tŷ unnos yn y llyfr. Yna roedd Sylwen wedi paratoi paragraff o hanes y traddodiad Cymreig o godi tai unnos, a pharagraff arall ar hanes Llandudno cyn i'r gwestai gael eu codi. Y paragraff clo oedd esbonio pam ei bod hi mor bwysig ein bod yn cofio am bobl a gollodd eu hawliau ar y tir comin, a bod y bwthyn ar yr ynys yn symbol o gydymdeimlad y dref gyda'r holl bobl sy'n gorfod ffoi neu'n cael eu troi o'u cartrefi ...

"... gan gynnwys ynyswyr Chagos, y casgliad o ynysoedd yn y British Indian Ocean Territory a gollodd eu tir a'u bywoliaeth er mwyn gwneud lle i awyrennau bomio a llongau rhyfel America," darllenodd Alwen.

"Waw, ti'n 'i deud hi fel y mae, Sylwen!" meddai wrth yr archaeolegydd.

"Rhaid i ni gofio am ein ffrindia' newydd," atebodd hithau. "Hebddyn nhw, fyddai hyn ddim wedi digwydd."

O'r diwedd, cyrhaeddodd Alwen y wal ar y gornel. Pwysodd arni i edrych ar y bwthyn. Roedd ei llygaid yn llaith wrth edrych ar yr olygfa. Wynebu'r môr yr oedd y tŷ – drws a dwy ffenest tua'r traeth. Roedd y brif simnai wedi'i chodi ar ochr Stryd Mostyn a thalcen maen a simnai arall yn wynebu Pen Uchaf Stryd Mostyn. Yna, drws cefn at Ffordd Gloddaeth. Roedd ysgolion ar y ddau dalcen a dwy ysgol lai at y bondo yn y tu blaen a'r tu ôl.

Edrychai'r gwaith cerrig yn daclus a chadarn. Gwyddai fod ei thad ac Arthur ei thaid wedi bod yn rhoi help llaw. Roedd waliau trwchus o dyweirch wedi'u codi'n ofalus ac erbyn hyn roedd y rhesi cyntaf o ysgubau hesg yn cael eu gosod ar haen isaf dau hanner y to. Ar un ochr roedd Sam Llanast yn derbyn ac yn twtio; Meic Dympar oedd yn gyfrifol am wneud yr un peth yr ochr arall.

"Dwi'n dod draw i helpu i godi'r ysgubau hesg!" galwodd Alwen.

"Aros funud!"

P.C. David Wynn oedd yno yn sefyll o'i blaen. Rhoddodd calon Alwen dro. Oedd hwn yn mynd i ddefnyddio grym y gyfraith i'w hatal? Ond aeth y plismon yn ei flaen.

"Un o hen deuluoedd y dre' ydw inna', cofia. Synnwn i ddim nad oedd gen inna' hen, hen, hen daid ym Morfa Isaf. Mi wna i stopio'r traffig i ti gael croesi!"

Edrychodd Alwen mewn syndod braf arno'n dal ei law allan i atal sbortscar drud er mwyn iddi hi gael mynd draw a dringo ar yr ynys.

Wrth iddi groesi'r wal isel a chamu ar yr ynys, y cyntaf i ddod ati oedd Ylwch-chi-fi.

"Reit, mae angen mwy o ddwylo ar du blaen y bwthyn. Codi'r ysgubau. Rhaid i'r ddwy ochr gyrraedd y grib yr un pryd inni gael gorffen y to'n daclus. Dacw nhw'r ysgubau – ymuna gyda'r rhes i'w codi nhw, os gweli di'n dda."

Aeth Alwen ati, gan ddisgwyl ei thro y tu ôl i Olivier a bechgyn Tan yr Ogof ar ôl iddi godi ei hysgub o'r pentwr.

"Sut mae hi wedi mynd yma drwy'r dydd, Oli?"

"Sbort, cofia. Hwyliau da ar bawb."

"Caffis y stryd yma'n anfon paneidiau a basgedi o fwyd i ni!" meddai Breian.

"Ydi mae'n dda," cytunodd Jona. "Mae yna rêl ysbryd hen

ffasiwn yma. Pawb yn cydweithio. Mae o'n gwneud lles i'r enaid!"

"Ysgol ar y to!" galwodd Meic. Roedd wrthi'n dechrau gosod y drydedd res o ysgubau bellach ac roedd yn rhaid cael rhywun arall ar y to i basio'r ysgubau'n uwch er mwyn iddo gael gafael ynddyn nhw.

"Dos di, Alwen," meddai Breian. "Rwyt ti'n ddigon ysgafn. Mae peryg i mi neu Jona fynd drwy ganol yr hesg yma!"

"Mae'r to'n ddigon cry i ddal Meic Dympar, ylwch," meddai hithau, gan gamu o un ysgol i'r llall a dringo'n nes at Meic. Dechreuodd godi'r ysgubau eto fel roedden nhw'n cael eu taflu ati ar y to.

"Reit dda, rydan ni wedi cael gafael ar rythm reit sionc rŵan," meddai Meic.

Cyn hir gallai Alwen weld pen Sam Llanast dros y grib. Roedd yn gosod ei res olaf.

"Un rhes arall ar ôl hon, Meic?"

"Ia, fyddwn ni ddim yn hir rŵan."

Ymhen hanner awr, roedd y to wedi'i gau ar y ddwy ochr.

"Pegiau a rhaffau i blethu!" galwodd Sam.

Roedd y criw ifanc wedi bod yn paratoi pegiau pren. Cafodd y rhain eu codi ar y to a'u defnyddio wedyn i blethu'r grib lle roedd ysgubau dwy ochr y to'n cyfarfod â'i gilydd.

"Smai, Alwen," meddai Deio drwy'i fwstásh o berfedd y bwthyn.

"O helô, Deio. Welais i mohonot ti'n fan'na."

"Peintio enwau hen dai Morfa Isaf ar rai o'r hen gerrig rydan ni."

“Rhaid i ni frysio neu mi fydd y to wedi’i gau ac mi fyddan ni yn y tywyllwch,” meddai Len.

“Siocled arall iddo fo reit sydyn i’w gadw fo i fynd, Deio,” meddai Barry.

Darllenodd Alwen yr enwau ar y cerrig – Ty’n Brwynog, Tŷ Isaf, Storws Bach, Pen-y-gro, Cambria ... Teimlodd ei llygaid yn llenwi. Roedd enwau’r cartrefi yn fyw yn Llandudno eto. Roedd Deio wrthi’n peintio ‘Morfa Isaf’ ar glamp o garreg fawr. Ac roedd Len ar ganol enw oedd yn golygu llawer iddi hi – ‘Simnai ...’

“Un ’ta dwy ‘r’ sy ’na yn ‘Gerrig’, Alwen?” gofynnodd Deio.

Ar hynny, dyma sŵn hwrê o blith y dyrfa ar y palmant. Trodd Alwen ei phen i weld beth oedd yn digwydd. Gwelodd Fernard Jaffar yn powlio berfa i lawr y stryd o gyfeiriad ei weithdy ar y pier. Yn y ferfa roedd y cerflun o balmwydden fawr oedd ganddo ar y pier. Daeth Fernard â’r ferfa at yr ynys a chael cymorth gan ddwylo parod i godi’r balmwydden a’i hangori wedyn wrth ddrws y tŷ unnos.

Daeth pawb i lawr yr ysgolion a chymryd cam yn ôl. Roedd Ylwch-chi-fi yn dal copi o daflen Sylwen o’i flaen ac yn cymharu’r bwthyn ar yr ynys â’r llun ar y daflen.

“Digon da fyth! Go dda rŵan – mi allwn ni fod yn falch iawn o hwn,” meddai Ylwch-chi-fi. “Cadwch y tŵls. Ysgolion i mewn i’r dympar. Hei chi, Alwen a’r hogiau – chwalwch y cerrig sbâr ar hyd yr ynys i ni greu dipyn o awyrgylch. A rhowch help llaw i’r peintiwrs i gario’r cerrig enwau o’r bwthyn a’u gosod o amgylch yr ynys yn wynebu’r traffig. Sam a Meic – llwyth neu ddau o bridd a thywod yn y dympar i orffen yr olygfa? Diolch i bawb. Reit, lle mae pobl y tân ar yr aelwyd?”

“Amser cau’r ffyrdd,” cyhoeddodd P.C. David Wynn. Dan ei

gyfarwyddyd, aeth criw o lanciau â rhesi o'r bariers i droi'r traffig a chreu lle i dyrfa hel o flaen y bwthyn ar yr ynys.

Cyrhaeddodd Taid Cwlach gyda llond bocs o briciau tân; dipyn o bapurau newydd a bocs o fatsys oedd gan Nain Cwlach. Yna daeth Morfudd a Tomi â hen focsys pysgod pren oddi ar gei Conwy. Yr olaf yn yr orymdaith oedd Mimose Jaffar. Roedd hi'n cario bocs go fawr, go fflat – ac yn ei gario'n ofalus iawn.

Diflannodd y pump i mewn i'r bwthyn. Cyrhaeddodd y dympar gyda'r llwyth olaf, a gwasgarwyd y tywod a'r pridd i greu argraff o dwyni tywod o flaen ac yng nghefn y bwthyn. Defnyddiwyd y tyweirch olaf o dwyni'r maes golff i orffen yr olygfa.

Roedd yr awyr yn cochi tua'r gogledd-orllewin ond yn sydyn dyma waedd o'r dorf.

"Mwg!"

Cododd y dyrfa ei golygon i edrych ar y simnai fawr. Gallent weld llinyn gwyn o fwg yn codi i awyr yr hwyr. Dathlodd y dyrfa drwy weiddi hwrê fawr o gwmpas yr ynys.

Daeth Nain Cwlach i sefyll yn ffrâm y drws yn wên o glust i glust.

Mwyaf sydyn dyma glec i syfrdanu pawb. Cododd gwreichionen felen drwy'r simnai a ffrwydro uwch ben y bwthyn. Dilynwyd honno gan wreichionen goch a honno'n ffrwydro, yna un werdd yn gwneud yr un fath.

"Digon! Digon! Dim mwy o dân gwyllt!" gwaeddodd Ylwch-chi-fi. "Peidiwch â rhoi'r to hesg ar dân!"

Daeth Nain Chagos i ddrws y bwthyn gan ddangos fod y bocs yn wag o'i blaen. Roedd gwreichionen ddireidus yn ei llygaid hithau.

Daeth Nain Cwlach i sefyll wrth ei hochr.

"Tân Shadrach a Magwen!" gwaeddodd at y dorf. "Mae tân Shadrach a Magwen yn ôl yn Llandudno unwaith eto!"

"Tships am ddim! Tships i bawb!" Cyrhaeddodd Charli Tships a Meira gyda llond berfa o bacedi o tships i'w rhannu.

Wrth i Olivier ac Alwen agor eu pecynnau, clywsant leisiau cyfarwydd y tu ôl iddyn nhw.

"Oi, allan o'r ffordd, peidiwch â'n rhwystro ni rhag cael y tships am ddim." Robert oedd yno.

"Ie, yr un hawliau i bawb – dyna sy'n deg." William oedd wrth ei ochr.

* * *

Gan fod ganddi ddiwrnod rhydd o'i gwaith yn y caffi drannoeth, aeth Alwen a Gel draw i gartref ei nain a thaid yn Stryd Cwlach ddiwedd y bore. Hwn oedd diwrnod y ffarwelio.

Pan gyrhaeddodd a chael ei thaid i agor y drws iddi, gwelodd fag cynfas Nain Chagos yn y cyntedd ac Olivier yn dod i lawr y grisiau gyda'i fag yntau.

"Dwi am fynd yn ôl i Fanceinion ac aros am 'chydig ddyddiau," meddai wrthi. "Heb weld y teulu ers tro ..."

"Syniad da iti," meddai Alwen a throi'i phen yn gyflym er mwyn cuddio'i siom, cyn cerdded i mewn i'r gegin.

"Tyrd i eistedd aton ni, Alwen," galwodd Arthur.

"Gel ydi hwn," meddai Elisa, gan ei gosi o dan ei ên.

Cododd Nain Chagos oddi wrth y bwrdd.

"Alwen, diolch am gael gweld y môr – ac am bopeth arall."

Cofleidiodd y ddwy. Cododd Fernand hefyd a cherdded at y drws i gario bag ei fam.

Alwen a thair cenhedlaeth y Chagosiaid aeth i'r orsaf. Danfonodd Fernand ei fam at ddrws y trên oedd yno'n ei disgwyl. Safodd Alwen ac Olivier un o boptu'r giât ar y platfform.

"Fydda i'n ôl at ddiwedd yr wythnos."

"Dwi'n gwbod hynny."

"Allwn ni fynd â Gel i'r môr."

"Dwi'n gwbod hynny."

Roedd pennau'r ddau'n agos er bod y giât rhyngddynt. Mi hoffwn i ei chusanu, meddyliodd Olivier, ond mae arna i ofn na wnaiff hi fy nghusanu yn ôl.

"Mae Nain Chagos wedi gwirioni ar y Gogarth ac ar y bwthyn – mae wedi rhoi nerth newydd iddi hi."

"Dwi'n gwbod hynny."

"Ond mae ganddi hi daith bell i fynd."

"Dwi'n gwbod hynny hefyd."

Plygodd Olivier fymryn pellach a'i chusanu ar ei gwefusau.

Cusanodd Alwen yntau'n ôl.

Epilog

(**Diwedd Haf 2023**)

"Mam! Edrych ar y llongau mawr acw!" Trodd Alwen ei phen a dilyn bys ei merch tua'r dde dros ganllaw'r fferi.

"Llongau rhyfel America ydy'r rheina, Eleri."

"Ydyn nhw'n beryg, Mam?" gofynnodd Dafydd.

"Ddim i ni. Paid â phoeni."

Edrychodd Alwen ar ei mab wyth oed. Roedd wedi bod yn holi'n bryderus ar hyd y daith ac unwaith eto roedd yn cael ei hun yn cwestiynu a oedden nhw wedi gwneud y peth iawn wrth ddod â'r plant gyda nhw. Trodd eu tad i siarad gyda'r plant.

"I'r cyfeiriad acw mae ynys Diego Garcia," meddai Olivier. "Honno ydi'r ynys fwya ac yn fan'no mae'r llongau acw yn angori. Rydan ni'n dechrau agosáu at yr ynysoedd rŵan."

"Chwe deg o ynysoedd sydd yna, yntê, Dad?"

"Da iawn, Eleri. Mae gen ti gof da."

Roedd hi ddwy flynedd yn hŷn na Dafydd ac wedi mwynhau'r daith. Dwy awyren wahanol nes cyrraedd Mauritius, yna tair noson mewn caban ar y fferi.

Daeth gwaedd o ben blaen y llong:

"Tir! Fi welodd yr ynysoedd gynta!"

Teimlodd y teulu don o gynnwrf yn tasgu drwy'r teithwyr oedd ar ddec agored y fferi. Closiodd amryw at y pen blaen gan siarad a gweiddi'n gyffrous. Ymhen hir a hwyr, llwyddodd y teulu o Landudno i gael lle ar y canllaw er mwyn gwylio'r tir isel a'i goed palmwydd yn dod yn gliriach i'w golwg.

"Dyna'r ynysoedd cynta – Ynysoedd Egmont ydy'r rhain," meddai Olivier gan edrych ar y map yn y llyfr agored yn ei law. "Mi fyddwn yn cadw'r rhain ar y llaw chwith inni, dwi'n meddwl. Ac mi welwn fwy o ynysoedd bychain i'r cyfeiriad hwnnw, ac wedyn yn syth o'n blaenau bydd pedol o ynysoedd. Ac mi fyddwn wedi cyrraedd ynysoedd Peros Banhos. Yn fan'na mae ein cei ni."

"Ac wedyn gawn ni fynd i'r lan, Dad?"

"A mynd i chwilio am ein pabell ni!" meddai Eleri gyda'i llygaid yn dawnsio.

"Fydd Nain a Taid Chagos yn aros efo ni yn y babell, Mam?" holodd Dafydd, gan droi ei lygaid tywyll tuag ati.

Cipiodd hynny wynt Alwen am ennyd. Edrychodd yn sydyn ar y sgrepan ar gefn Olivier. Roedd y plant yn ymwybodol bob cam o'r daith fod dau dun glas tywyll yn y sgrepan a bod llwch eu Grand-mère a'u Grand-père yn y tuniau. Roedd gan Eleri gof plentyn ohonyn nhw gan eu bod wedi gadael Manceinion ac wedi dod i fyw at Taid Cwlach ar ôl i Nain Cwlach farw. Ond dim ond llun ohono'n fabi ym mreichiau hapus Nain Chagos oedd gan Dafydd. Roedd copi o'r llun yn ei boced y foment honno.

"Fel hyn y bydd hi," esboniodd Alwen wrth ei phlant. "Mi fyddwn ni i gyd yn mynd oddi ar y fferi ac yn mynd â'n bagiau i'r babell. Mae pobl o Mauritius wedi bod yn brysur yn paratoi croeso i ni. Maen nhw wedi clirio'r chwyn a'r mieri oedd wedi tyfu dros y pentra ar y lan. Mae lleoedd bwyd a siop yno. Mae rhes o bebyll yn ein disgwyl ni. Mae rhai o bobl ifanc Chagos o ochra' Llundain yno ers mis yn gweithio a pharatoi hefyd. Maen nhw i gyd yn edrych ymlaen at ein gweld ni."

"Pobl Mauritius, nid pobl Llundain, sydd biau ynysoedd Chagos rŵan yntê, Dad?" holodd Eleri.

"Ie," atebodd yntau. "Mae'r bobl bwysig yn fan'no wedi ildio o'r diwedd. Mae'r ynyswyr wedi cael yr hawl i ddod yn ôl."

"Ond does yna ddim hen ynyswyr yno rŵan, yn nag oes, Dad?" Roedd y cwestiwn yn dywyll yn llygaid Dafydd eto.

Methodd Olivier â'i ateb a chydiodd Alwen yn y sgwrs.

"Rydan ni wedi dod â Taid a Nain Chagos gyda ni. Roedden nhw'n cofio'r dyddia' hapus ar yr ynysoedd yma. Pawb yn pysgota gyda'i gilydd, yn rhannu bwyd gyda'i gilydd, yn byw fel un teulu. Felly rydan ni'n dod â'r bywyd braf yna yn ôl i'r ynysoedd heddiw, yn tydan ni? Mae llawar o bobl ar y fferi yma yn dod â'u teidia' a'u neinia' gyda nhw – fel ninna'."

"Ar ôl cael trefn ar y babell, mi fyddwn yn cael swper," meddai Olivier. "Ac wedyn byddwn ni'n mynd am dro ar hyd y traethau. Draw i'r chwith, yr un ffordd â'r cloc ac yn gwylio'r awyr yn cochi a'r haul yn machlud."

"A phan fydd pob man yn dawel, mi fyddwn ni yn chwilio am ddarn o draeth lle mae'r tywod yn wyn fel blawd o dan gysgod coeden balmwydd, ac mi fyddwn ni'n tywallt llwch Taid a Nain Chagos a'i gymysgu gyda'r tywod yn fan'na ac efallai y gwnawn ni ganu cân fach ..."

"Mi fyddwn ni wedi dod â'u hapusrwydd nhw yn ôl i'r ynysoedd," meddai Alwen. "Mi allwn ni fynd yn ôl i'n pabell wedyn. Mae'r byd yn gwbod eu stori erbyn hyn."

Nodiadau gan yr awdur

- ***Teulu Mostyn, Llandudno***

Sefydlwyd stad wreiddiol y Mostyniaid yn Neuadd Mostyn, Helygain, sir y Fflint, yn y 14eg ganrif. Cynyddodd pŵer y teulu'n sylweddol wrth iddyn nhw uno drwy briodas â theulu stad y Gloddaeth, ger Llandudno, yn 1457. Wedi Gwrthryfel Glyndŵr, trodd y teulu ei gefn ar werin Cymru, gan wasanaethu'r Goron yn Llundain i ennill mwy o bŵer a chyfoeth iddo'i hun.

Un aelod o'r teulu oedd Syr Thomas Mostyn (1776–1831). Bu'n Aelod Seneddol dros sir y Fflint er pan oedd yn 21 oed hyd ei farwolaeth. Enillai £200 yr wythnos o'i stadau. Cyflog ei weithwyr amaethyddol oedd 7 swllt (35c) yr wythnos. Er ei gyfoeth, cafodd y Mistar Mostyn hwn drafferth i gadw dau ben llinyn ynghyd oherwydd ei hoffter o gamblo a'i ddiddordeb mewn rasys ceffylau.

Y Mistar Mostyn nesaf oedd Edward Mostyn William Mostyn (1795–1884). Ei gynllwyn oedd hel teuluoedd tai unnos Morfa Isaf o'u cartrefi a hawlio'r tir comin i'w stad ei hun. Gan ddilyn patrwm tirfeddianwyr pwerus drwy Gymru ar y pryd, llwyddodd i wneud hyn drwy gael Tŷ'r Cyffredin yn Llundain i basio Deddf Cau Tir Comin ardal Llandudno ar 12 Gorffennaf 1843. Roedd 955 acer o dir comin yn Llandudno; daeth 832 o'r aceri hyn i ddwylo Edward Mostyn gan fwy na dyblu'r tiroedd oedd yn eiddo i'w stad yn yr ardal. Trowyd perchnogion y tai unnos yn weithwyr stad oedd yn talu rhent am eu tai ac yn byw mewn tlodi.

Collodd gwerin Cymru dros filiwn o aceri o dir comin i'r tirfeddianwyr mawr rhwng 1795 a 1895.

- ***Llandudno yn y 19eg ganrif***

Poblogaeth y plwyf yn 1801 oedd 318, gydag 80% o'r gweithlu yn trin y tir. Erbyn 1851, roedd hen fwyngloddiau copr y Gogarth wedi'u hailagor a dim ond 20% o'r boblogaeth o 1,131 oedd yn trin y tir erbyn hynny. Roedd y prif bentref ar lethrau'r Gogarth gyda phentref llai o deuluoedd ar y tir comin gwastad ar lan y bae – pentrefan o 20 o dai, a 125 o bobl oedd yn cael ei alw yn Morfa Isaf. Er bod newidiadau amlwg wedi digwydd yn hanner cyntaf y 19eg ganrif, plwyf Cymraeg ei iaith oedd hwn yn 1851 o hyd.

Erbyn 1861, roedd hen bentref Morfa Isaf a'i deuluoedd wedi diflannu oddi ar gofnodion y Cyfrifiad. Dechreuodd stad Mostyn werthu les ar ei diroedd newydd o 1849 ymlaen gyda'r bwriad o greu 'fashionable Bathing Resort' yn Llandudno. Dechreuwyd codi filas glan môr ar Barêd y Gogledd yn 1852 ac agorwyd gwesty'r St George's yn 1854. Agorwyd cysylltiad rheilffordd rhwng Llandudno a rheilffordd gogledd Cymru yn 1858. Datblygwyd strydoedd ac adnoddau hamdden. Mae poblogaeth Llandudno heddiw dros 20,000.

- ***Ynyswyr Chagos***

Ychydig iawn mae'r byd yn ei wybod am dynged druenus brodorion Diego Garcia, Peros Bahnos ac Ynysoedd Salomon – a'r tiroedd eraill sy'n rhan o Ynysoedd Chagos. Gwagiwyd y cyfan o'u poblogaeth gynhenid ar ddechrau'r 1970au. Alltudiaeth orfodol i tua 2,000 o bobl oedd hyn, nid ymfudo trwy ddewis. Lladdwyd tua 1,000 o anifeiliaid anwes yn y broses. Prydain yw perchnogion yr ynysoedd, ac ar ôl apelio mewn llysoedd cyfiawnder, cafodd y brodorion eu cydnabod fel deiliaid pasborts Prydeinig yn 2002.

Collodd y Chagosiaid eu haelwydydd a'u hynysoedd, a cholli eu bywoliaeth yn ogystal. Maent wedi byw mewn tlodi dychrynllyd ers hynny. Manteisiodd amryw ar eu pasborts newydd a symud i Brydain, gan obeithio y byddai hynny'n hwyluso eu hymgyrch i ddychwelyd i'w cynefin. Erbyn hyn mae tua 3,000 ohonynt yn byw yn nhref Crawley yn bennaf ac yn gweithio ym maes awyr Gatwick. Mae cymuned fechan o ryw 60 yn byw ym Manceinion. Yn 2006, trefnodd Llywodraeth Prydain drip llong i 100 o'r brodorion ymweld ag ynysoedd Chagos ond ni chawsant aros yno.

Defnyddiwyd y maes awyr milwrol ar ynys Diego Garcia i fomio Iran yn ystod Rhyfel Cyntaf y Gwlff, 1991, ac i fomio Irac yn ystod y rhyfel anghyfreithlon hwnnw yn 2003, ac Afghanistan, 2001–2006. Mae'r safle hefyd yn gymorth i America fygwth Rwsia a Tsieina. Yn 2016, rhoddodd Prydain estyniad ar les America ar yr ynysoedd am 20 mlynedd ychwanegol.

Yna ym mis Tachwedd 2022, dyma dro sydyn yn yr hanes. Ildiodd Llywodraeth Prydain a chyfaddef ei bod wedi camdrin Ynyswyr Chagos ers hanner canrif. Dechreuwyd trafod trosglwyddo'r ynysoedd o berchnogaeth Prydain i berchnogaeth Mauritius, gan roi cyfle i unioni'r ffordd annynol roedd yr ynyswyr wedi cael eu trin a'u halltudio o'u cynefin. Roedd Prydain, medden nhw, am wrando ar farn y llysoedd rhyngwladol a'r mudiadau hawliau dynol. Byddai modd i bobl y Chagos gael eu hynysoedd yn ôl – pob un ond Diego Garcia, sy'n ganolfan filwrol i fyddin America o hyd.

Dymuna'r awdur diolch o galon...

- i Chris Draper a'i gyfrol ddadlennol ar hanes teulu'r Mostyn yn ardal Llandudno

- i Eirlys, yn y wasg, am ei gwaith teipio arbennig

- i Elen, golygydd y wasg, am ei sgyrsiau a'i gofal wrth drin y nofel, ac i Alun Jones ac Anwen Pearce am awgrymiadau lu

- I Eirian, Gwernhywel Bach, am greu'r llun o'r tŷ unnos ar dudalen 103

Llyfryddiaeth

Christopher Draper, *Llandudno Before the Hotels* (Gwasg Carreg Gwalch, 2007).

Florian Grosset, *The Chagos Betrayal: How Britain Robbed an Island and Made its People Disappear* (Myriad, 2021).

Laura Jeffery, *Chagos Islanders in Mauritius and the UK* (Manchester University Press, 2011).

David Thomas, *Cau'r Tiroedd Comin* (Gwasg y Brython, 1952).

Thomas Roberts, *Adgofion am Llandudno* (1893).

Myfi Williams, *Crwydro'r Creuddyn a Geirionnydd* (Llyfrau'r Methodistiaid, dim dyddiad).

Llandudno Advertiser, 1890–1911.

Margaret Stephen, *Life During the Highland Clearances* (Wayland, 1995).

Tony Cornish & James Plant, *Llandudno: A Photographic History of your Town* (W. H. Smith, 2001).

Jim Roberts, *Llandudno Past and Present* (Sutton Publishing, 2002).

Nofelau Hanes Cymru – y rhestr gyflawn

Straeon cyffrous a theimladwy wedi'u seilio ar ddigwyddiadau allweddol

---

CWMWL DROS Y CWM

Gareth F. Williams

Nofel am drychineb Senghennydd 1913.

£5.99

Enillydd Gwobr Tir na-nOg 2014

Y GÊM

Gareth F. Williams

Dydd Nadolig 1914, yn ystod y Rhyfel Mawr.

£5.99

Enillydd Gwobr Tir na-nOg 2015

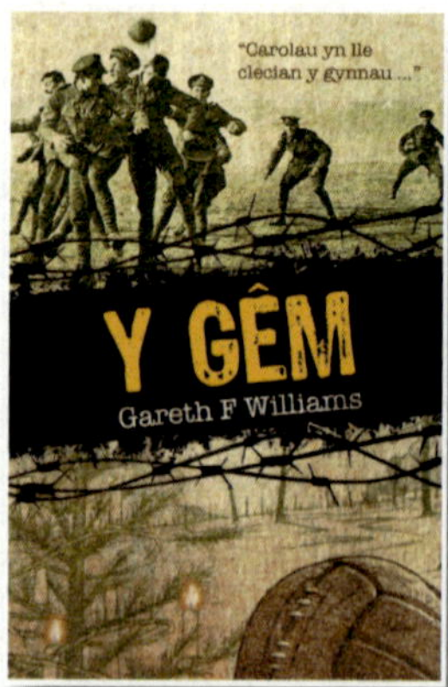

DARN BACH O BAPUR

Angharad Tomos

Nofel am frwydr teulu'r Beasleys dros y Gymraeg, 1952-1960.

£5.99

Rhestr fer Gwobr Tir na-nOg 2015

PAENT!

Angharad Tomos

Cymru 1969 – Stori bachgen ifanc sydd yng nghanol y frwydr dros gael arwyddion Cymraeg, a'r arwisgo yng Nghaernarfon.

£5.99

Rhestr fer Gwobr Tir na-nOg 2016

HENRIÉT Y SYFFRAJÉT

Angharad Tomos

"Dydw i ddim eisiau dweud y stori ..." Dyna eiriau annisgwyl Henriét, prif gymeriad y nofel hon am yr ymgyrch i ennill pleidlais i ferched ychydig dros gan mlynedd yn ôl.

£6.99

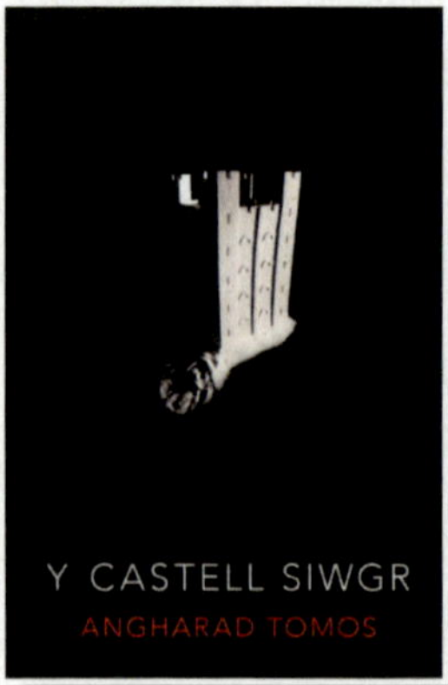

Y CASTELL SIWGR

Angharad Tomos

Dwy ferch ar ddau gyfandir. Un lord ag awch am elw.

Stori ddirdynnol am gaethferch, am forwyn, am long a chastell ac am ddioddefaint tu hwnt i ddychymyg.

Rhestr fer Gwobr Tir na-nOg 2021

£7.50

YR ARGAE HAEARN

Myrddin ap Dafydd

Dewrder teulu yng Nghwm Gwendraeth Fach wrth frwydro i achub y cwm rhag cael ei foddi.

£5.99

Rhestr fer Gwobr Tir na-nOg 2017

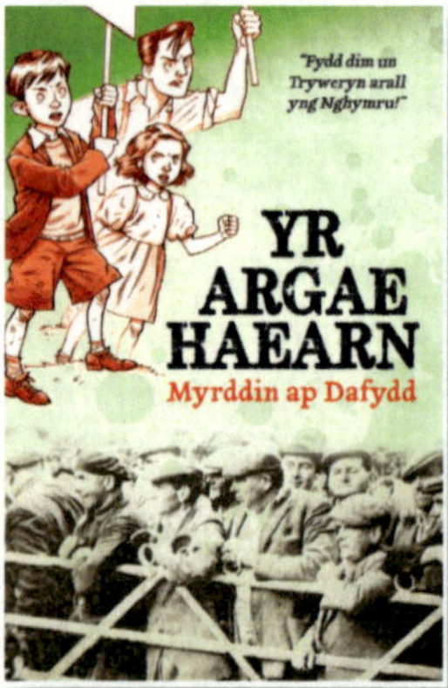

MAE'R LLEUAD YN GOCH

Myrddin ap Dafydd

Tân yn yr Ysgol Fomio yn Llŷn a bomiau'n disgyn ar ddinas Gernika yng Ngwlad y Basg – mae un teulu yng nghanol y cyfan.

£5.99

Enillydd Gwobr Tir na-nOg 2018

PREN A CHANSEN

Myrddin ap Dafydd

"y gansen gei di am ddweud gair yn Gymraeg ..."

Mae Bob yn dechrau yn Ysgol y Llan, ond tydi oes y Welsh Not ddim ar ben yn yr ysgol honno.

£6.99

Y GORON YN Y CHWAREL

Myrddin ap Dafydd

Diamwnt mwya'r byd mewn chwarel ym Mlaenau Ffestiniog

Nofel am ifaciwîs a symud trysorau o Lundain i ddiogelwch y chwareli adeg yr Ail Ryfel Byd.

£6.99

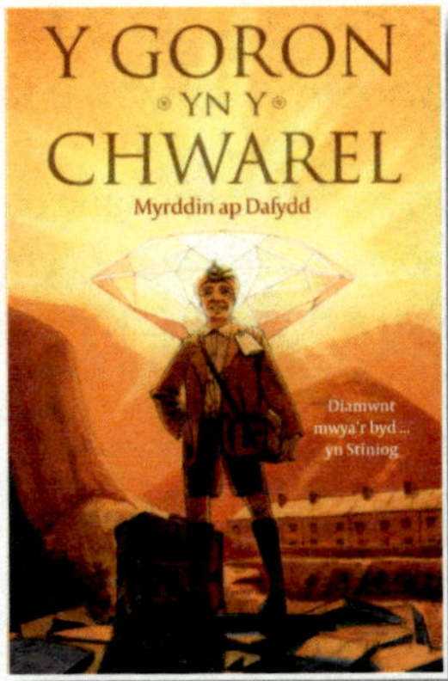

DRWS DU YN NHONYPANDY

Myrddin ap Dafydd

Nofel am deuluoedd y glo, Cwm Rhondda, yn ystod cyfnod cythryblus 1910.

£7.99

RHEDEG YN GYNT NA'R CLEDDYFAU

Myrddin ap Dafydd

Mae'n haf 1843 – cyfnod terfysgoedd Beca – ac mae'n ferw gwyllt yn Nyffryn Tywi.

£8

FFOI RHAG Y FFASGWYR

Myrddin ap Dafydd

Hanes teulu yn dianc o'r Almaen i Aberystwyth yng nghyfnod yr Ail Ryfel Byd a chyfeillgarwch yn cael ei sefydlu yng Ngwersyll yr Urdd Llangrannog.

£8

MISTAR AR FISTAR MOSTYN

Myrddin ap Dafydd

Nofel am ormes teulu Mostyn yn troi pobl allan o'u cartrefi i ddatblygu Llandudno, a Senedd Llundain yn elwa wrth droi pobl allan o'u cartrefi ar Ynysoedd Chagos.

£8.50

DILYN CARADOG

Siân Lewis

Hanes un llanc yn dilyn ei arwr Caradog o frwydr i frwydr nes cyrraedd Rhufain ei hun.

£5.99

TWM BACH AR Y MIMOSA

Siân Lewis

Nofel am antur y Cymry ar eu taith i Batagonia yn 1865.

£5.99

Y CI A'R BRENIN HYWEL

Siân Lewis

Teithiwch yn ôl i oes Hywel Dda, sy'n cyhoeddi ei gyfreithiau ar gyfer Cymru. Mae Griff y ci mewn helynt. A fydd yn dianc heb gosb o lys y brenin?

£5.95

Y TYWYSOG A'R DEWIN

Siân Lewis

"y brenin Edward oedd piau Cymru..."

Mae Ifor ab Einion yn ddewin – mae e wedi meistroli un tric. A fydd hynny'n ddigon iddo fedru achub Tywysog Cymru o Gastell Bryste?

£7.25

GWENWYN A GWASGOD FELEN

Haf Llewelyn

Mae'n edrych yn dywyll ar yr efeilliaid Daniel a Dorothy a'r ddau wedi'u gadael yn amddifad. Ai'r Wyrcws yn y Bala fydd hi? Ond caiff Daniel waith yn siop yr Apothecari ...

£6.99

GA' I FYW ADRA

Haf Llewelyn

Mae'r nofel wedi'i gosod yn ystod gaeaf garw 1981, cyfnod pan oedd prisiau tai yn codi a phobl ifanc ardaloedd gwledig Cymru yn methu prynu tai yn eu bröydd. Nofel sy'n parhau'n berthnasol i broblemau Cymru heddiw.

£7.95

GETHIN NYTH BRÂN

Gareth Evans

Yn dilyn parti Calan Gaeaf, mae bywyd Gethin (13 oed) yn troi ben i waered. Mae'n deffro mewn byd arall. A'r dyddiad: 1713.

£5.99

Rhestr fer Gwobr Tir na-nOg 2018

Y PIBGORN HUD

Gareth Evans

Mae Ina yn ferch anghyffredin iawn. Mae hi wedi goroesi'r pla, mae hi'n gallu trin cleddyf a siarad Lladin, ac mae ganddi'r gallu rhyfeddol i ganu'r pibgorn! Ond beth fydd ei hanes hi, a Bleiddyn y ci, wedi i Frythoniaid o'r gogledd a Saeson o'r gorllewin fygwth ei ffordd o fyw?

£8.50

Y FERCH O AUR

Gareth Evans

Mae Ina ac Ebba yn byw ym Mrythonia, gogledd Sbaen yn 554 AD. Ond daw llanc i gorddi'r dyfroedd a bygwth chwalu perthynas y ddwy, gan ddieithrio Ina rhag ei ffrindiau a pheryglu ei lle yn y gymuned.

Dilyniant i *Y Pibgorn Hud*.

£8.50

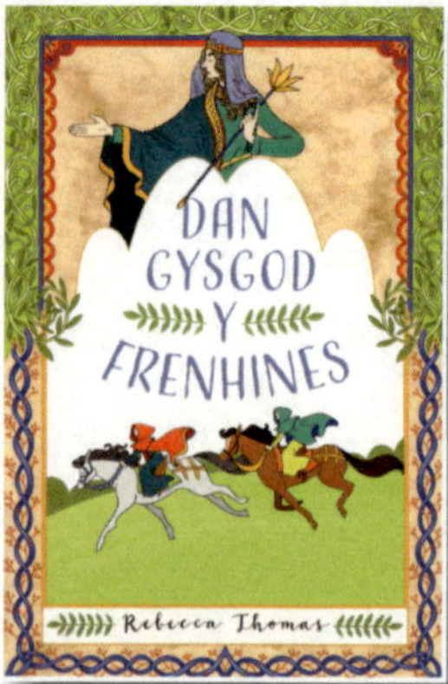

DAN GYSGOD Y FRENHINES

Rebecca Thomas

"All brenhines ddim dangos gwendid."

Byd dynion yw byd Angharad ferch Hywel Dda, ond caiff ei bywyd ei newid yn llwyr pan gaiff ei hanfon i fyw yn llys Æthelflaed, brenhines Mersia.

£8.50

Y CASTELL AR Y DŴR

Rebecca Thomas

Teyrnas beryglus yw Brycheiniog y ddegfed ganrif – mor beryglus fel bod rhaid cuddio chwaer y brenin o'r golwg.

£8.50

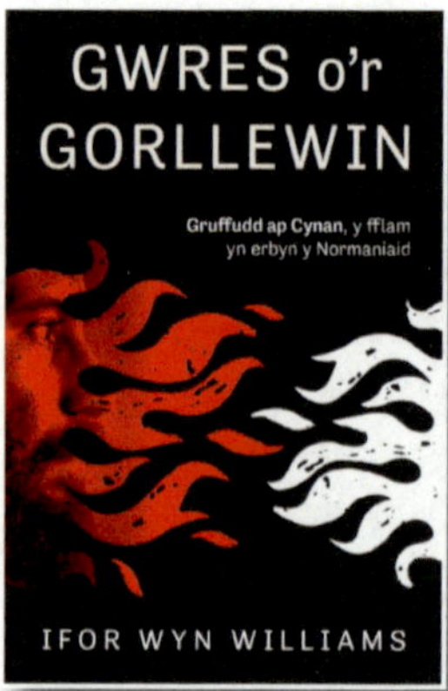

GWRES O'R GORLLEWIN

Ifor Wyn Williams

Nofel yn dilyn hanes Gruffudd ap Cynan wrth iddo ddioddef i'r eithaf geisio adennill ei deyrnas yng Ngwynedd.

£7.95